Jean-Luc Seigle

*Ich schreibe Ihnen
im Dunkeln*

Jean-Luc Seigle

Ich schreibe Ihnen
im Dunkeln

Roman

Aus dem Französischen
von Andrea Spingler

C.H.Beck

Titel der französischen Originalausgabe:
«Je vous écris dans le noir»,
erschienen bei Flammarion, Paris 2015
© Flammarion, 2015

Für die deutsche Ausgabe:
© Verlag C.H.Beck oHG, München 2017
Satz: Fotosatz Amann, Memmingen
Druck und Bindung: CPI – Ebner & Spiegel, Ulm
Umschlaggestaltung: Geviert, Grafik & Typografie, Andrea Janas
Umschlagabbildung: Fotografie von Pauline Dubuisson 1953,
Rue des Archives/AGIP/Süddeutsche Zeitung Photo
Gedruckt auf säurefreiem, alterungsbeständigem Papier
(hergestellt aus chlorfrei gebleichtem Zellstoff)
Printed in Germany
ISBN 978 3 406 69718 0

www.chbeck.de

Für Élodie C.
Für meine Mutter

Denn das Leben eines Menschen, und sei es auch noch so bescheiden, ist stets eine Uraufführung einer Folge einzigartiger Erfahrungen. Der Zeuge kann also nur dann ein Urteil fällen, wenn er bis zum Schluss bleibt. Wer weiß, ob die letzte Minute ein allem Anschein nach ehrbares Leben nicht urplötzlich entwertet oder ein abscheuliches rehabilitiert?

Vladimir Jankélévitch, *Der Tod*

VORWORT

Als die Medizinstudentin Pauline Dubuisson ihren ehemaligen Verlobten Félix Bailly tötete, ahnte sie nicht, dass sie dadurch indirekt einen weiteren Tod verursachen sollte, nämlich den ihres Vaters, der sich am folgenden Tag, nachdem er von ihrer Verhaftung erfahren hatte, das Leben nahm. Mit einundzwanzig Jahren kam die Schuldige ins Gefängnis, anstatt ihr Examen zu machen. Drei Jahre später, 1953, stand sie vor Gericht. Die Leumundszeugen verwiesen mit Nachdruck darauf, dass man ihr in der Zeit der Befreiung ja den Kopf kahlgeschoren hatte; sie vergaßen zu erwähnen, dass sie damals erst sechzehneinhalb Jahre alt gewesen war. Das sind die Fakten, und sie sind unstreitig. Pauline ist die einzige Frau, für die je von der Staatsanwaltschaft, das heißt von der französischen Gesellschaft, wegen eines im Affekt begangenen Verbrechens die Todesstrafe gefordert wurde, ohne dass sich damals irgendjemand aufregte, nicht einmal Simone de Beauvoir, die in ihr doch ein schönes Beispiel für ein von Männern zerstörtes Frauenleben gefunden hätte.

Paulines Verbrechen nimmt einen winzigen Moment in ihrem Leben ein, die Zeit, um drei Revolverkugeln zu verschießen, kaum eine Minute. Man kann sie mit dem schöpferischen Augenblick vergleichen, dem geheimnisvollen Phänomen des künstlerischen Schaffens, derselbe Taumel, dieselbe plötzliche Inspiration, dasselbe Von-sich-selbst-Fortsein, um mit Stefan Zweig zu sprechen. Doch das Verbrechen ist kein Wunder der Kreativität, es ist eine Lücke in Paulines Leben, ein Riss, der sich in ihrem Dasein auftut, eine unendlich kurze und verdichtete Zeit.

Leider haben die Biografen Paulines Lebensgeschichte ganz auf diese Zeitspanne ausgerichtet; sie beschränken sich auf die Fakten, sie belasten und verurteilen Pauline ihrerseits. Ich glaube, das ist ein Verbrechen der Literatur, es sei denn, man nimmt es als Paradox hin, dass eine Biografie im Unterschied zum Roman am Leben vorbeischreibt. Paulines Geschichte darf, wie alle Geschichten, nicht nur an den Fakten entlang erzählt werden, sie muss das Verborgene ihres Lebens ergründen, nicht nur ihre Kindheit und ihre Träume, sondern das Verborgene der Kindheit und das Verborgene der Träume.

Die Zeit ihres Heranwachsens war eine verzweifelte Jagd nach Liebe, ausgelöst vom Verlust der beiden kurz hintereinander gefallenen älteren Brüder. Sie hegte nur eine Hoffnung: erlöst zu werden, von allem erlöst, von ihrer Kindheit, von der Eifersucht der anderen Mädchen, von der Böswilligkeit, Verachtung und Feigheit der Männer in einer Zeit, die von Krieg, Niederlage und Besatzung gekennzeichnet war. Der Krieg ist ein bestimmendes Element in Paulines Leben, prägend und zerstörerisch. Ihre Jugend, ihre Schönheit, ihre Intelligenz, der historische Rahmen ihres Lebens zwischen dem Gespenst des Krieges ihrer Kindheit, 1914–1918, und der Realität des Krieges ihrer Mädchenjahre, 1939–1945, machen sie zu einer der wenigen Figuren in der Geschichte des Verbrechens, die eine mythische Dimension erlangen können. Was wären Iphigenie, Helena, Elektra, Klytemnästra und Penelope ohne den Trojanischen Krieg? Was wäre Iokaste ohne die Bedrohung durch die Sphinx, die Angst und Schrecken verbreitet?

Clouzot witterte bei Paulines Prozess diese Dimension sofort und wählte für die Hauptrolle seines Films mit dem gefährlichen Titel *Die Wahrheit* eine Schauspielerin, die im französischen Kino schon zu der Zeit einen Mythos verkörperte: Brigitte Bardot.

Doch Clouzot kam mit seinem Thema nicht zurecht. Während der schwierigen Arbeit am Drehbuch scheint er von anderen Ideen besessen gewesen zu sein, die ihn von seiner ursprünglichen Intention ablenkten, obwohl doch auch er bei der Befreiung nicht ungeschoren davongekommen war; man hatte ihn wegen Kollaboration angeklagt und mit lebenslänglichem Drehverbot belegt. Was kann es für einen Filmemacher Schlimmeres geben? Er schrieb das Drehbuch wieder und wieder um, bis er sich schließlich von seiner Frau Véra helfen ließ. Doch sie war weder Szenaristin noch Schriftstellerin, sondern Schauspielerin und auch nur unter der Regie ihres Mannes. Warum zog er all den großen Drehbuchautoren der Zeit ausgerechnet sie vor? Oder wollte er sich bloß mit einem weiblichen Koautor vor der eigenen Misogynie schützen, die dann doch wieder die Oberhand gewann?

Dass Clouzot in derselben Zeit, da Fellini *La Dolce Vita (Das süße Leben)* drehte, einen kunstlosen Film und aus Paulines Geschichte ein flaches Drama um weiblichen Narzissmus machte, ist nicht so schlimm. Schwieriger zu akzeptieren ist dagegen, dass er eine reale Geschichte verfilmte, ohne einen Gedanken daran zu verlieren, dass Pauline, die ihn dazu angeregt hatte, sich eines Tages im Kino *Die Wahrheit* ansehen könnte. Sie ist daran letztlich zerbrochen. Sie floh aus Frankreich und lebte unter falscher Identität in Marokko, in der Hoffnung, dem Unglück endlich zu entkommen. Mit dem Sadismus des Schicksals hat sie nicht gerechnet.

Hier beginnt das Buch.

ERSTES HEFT

Ich liebe die arabische Sprache. Was die marokkanischen Frauen unten auf der Straße sagen, verstehe ich nicht, so wenig wie ich die Sprache der Vögel verstand, als ich ein kleines Mädchen war und meinen Vater auf die Jagd begleiten musste; doch ihr Gesang beruhigte mich. Weil ich nicht wusste, wie ich meinem Vater dieses Phänomen erklären sollte, habe ich einmal zu ihm gesagt, dass die Vögel mit mir sprächen. Er erwiderte, ich hätte zu viel Phantasie, wie alle Mädchen, und die Phantasie sei eine Form der Lüge. Von diesem Tag an hörte ich den Gesang der Vögel nicht mehr.

Französisch zu lesen tröstet mich manchmal, aber ich habe es zu oft als Anklage oder Verurteilung hören müssen. Nur wenn ich es schreibe, kann in der Stille etwas in mir heilen.

Bisher beschränkte sich meine Erfahrung mit dem Schreiben wie bei fast allen Frauen auf Liebesbriefe, die man abschickt, ohne sie je wieder zu lesen, auf das geheime Tagebuch der Jugendzeit, das spurlos verschwunden ist, und auf Schulaufsätze. Ich erinnere mich insbesondere an einen Aufsatz, da war ich acht. Das Thema lautete: «Beschreibe die Person, die du am meisten bewunderst.» Ich hatte mir meinen Vater ausgesucht. Wegen eines Rechtschreibfehlers bekam ich nicht die beste Note; ich hatte das viele Male von mir verwendete Wort «héros» ohne h geschrieben. Der Aufsatz löste bei meiner Mutter, ihrer Freundin und Buchhändlerin Suzanne und meiner Lehrerin, die uns regelmäßig besuchte, Gelächter aus. Ich beobachtete sie im Wohnzimmer, wie sie kichernd, mein Heft in der Hand, Sätze daraus vorlasen und jedes Mal losprusteten, wenn ich das Wort «éros» geschrieben hatte. Ich konnte mir nicht vorstellen, der Grund für ihre Heiterkeit zu sein, ich dachte, die drei Frauen hätten sich gegen meinen Vater verschworen, gegen seine Tressen, die er als Oberst trug und sich in Verdun erworben hatte, auch wenn er darüber niemals sprach. Je bescheidener er zu diesen Kriegstaten schwieg, desto größer erschien mir sein Heldentum. Erst Jahre später konnte ich sein Schweigen anders deuten. Damals fand ich meine Mutter gemein, scheinheilig, eifersüchtig; ich war überzeugt, sie nahm mir übel, dass ich nicht sie zum unanfechtbaren Gegenstand meiner Bewunderung erkoren hatte. Dieses Missverständnis stand lange Zeit zwischen uns. Müsste ich diesen Aufsatz heute noch einmal schreiben, fiele er anders aus.

Nach neun Jahren Haft war ich mit meiner Mutter in eine Wohnung in der Rue du Dragon gezogen, die sie wegen ihrer Nähe zur medizinischen Fakultät gemietet hatte, in der ich mich wieder einschrieb.

Ich verdankte meine Freilassung allein der Hartnäckigkeit meines Anwalts Maître Baudet, eines ernsten Mannes mit dem Aussehen eines Jesuiten, der insgeheim die Poesie liebte, ohne die er mich nie hätte verteidigen können, nicht weil er mich für einen poetischen Fall hielt, aber er sagte mir einmal: «In der Dichtung finde ich eine andere Art, die Welt zu betrachten.» Niemand hatte mir je einen derartigen Satz gesagt, nicht einmal mein Vater, und ich wusste sofort, dass dieser spröde und ein wenig steife Mann mich niemals so sehen würde, wie mein Vater und die anderen Männer mich ansahen.

Meine Mutter wollte nicht, dass ich mir den Film mit Brigitte Bardot anschaute, und erfand alle möglichen Gründe, um mich daran zu hindern. Sie hatte nicht damit gerechnet, dass *Die Wahrheit*, wenn sie ins Kino kam, die Anonymität aufheben würde, in die ich mich durch einen geänderten Vornamen hatte flüchten können. Ich nannte mich Andrée. Ich hatte den Vornamen meines Vaters angenommen. Trotzdem wurde ich von den Journalisten sehr schnell ausfindig gemacht, manche passten mich sogar, unter dem Vorwand, meine Meinung über den Film hören zu wollen, am Eingang der medizinischen Fakultät in der Rue des Saints-Pères ab, ohne zu bedenken, wie verheerend sich diese Aufdringlichkeit auf meine Umgebung auswirken könnte.

Niemand in der Fakultät wusste, wer ich bin, auch wenn alle sich für diese Studentin interessierten, die mit einunddreißig ihr Studium im vierten Jahr wieder aufnahm. Ich ging sofort nach den Vorlesungen nach Hause, den Blick aufs Pflaster geheftet, vor lauter Angst, erkannt und beschimpft zu werden (das kam zweimal vor).

Manchmal, selten, erlaubte ich mir, auf der Terrasse des Bonaparte einen Kaffee zu trinken.

Eines Tages begegnete ich dem Blick eines jungen Mannes; er musste um die achtzehn sein, vielleicht jünger. Er war groß und schlank. Er erinnerte mich an Félix. Alle jungen Männer, denen ich begegnete, erinnerten mich an ihn. Ein Schilfrohr mit fiebrigem Blick, so wirkte er. Er hatte mich erkannt, ich habe es an seinen Augen gesehen. Aber es war das erste Mal, dass ein wohlwollender Blick auf mir lag, ein wenig ungeschickt, ein wenig schüchtern, der Blick eines jungen Mannes, der noch alles von der Zukunft erwartet und nicht weiß, wie sie beschaffen sein wird. Ich glaube, er war verlegener als ich.

Patrick. So riefen ihn seine beiden Freunde. Ich meinte zu verstehen, dass er der Sohn einer Schauspielerin war. Ich lauschte unauffällig. Es gefiel mir, was sie sagten, diese leidenschaftlichen jungen Leute. Sie sprachen von nichts anderem als von Schönheit, sie stritten für die Idee der Schönheit und stellten sie der Politik, der Geschichte und den ständigen Lügen der Welt gegenüber. Die Welt ist etwas Wunderbares, dachte ich beim Zuhören.

Das Schilfrohr musste im Viertel wohnen, denn ich traf ihn erneut auf der Straße, und wir lächelten einander zu. Nur das. Niemals hätte ich mir vorstellen können, dass ein Lächeln die Tage, meine Tage verändert – bis zum nächsten feindseligen Blick. Das ist schon viel.

Je standhafter ich mich weigerte, den Film mit der Bardot anzusehen, desto mehr verfolgte er mich, sogar bis auf die

Straße, wo überall Plakate klebten. Ich hatte das Gefühl, dass alle Welt Zugang zu meinem Leben hatte außer mir. Dann entschloss ich mich doch. Ohne meiner Mutter etwas davon zu sagen, ging ich in *Die Wahrheit*. Der Titel ließ mich erbeben.

Ich huschte in den dunklen Saal des Kinos Saint-André-des-Arts. Der Film fing gerade an. Mit dem schönen Gesicht Brigitte Bardots, so hoffte ich, würde tatsächlich die Wahrheit gehört, nicht die Wahrheit, die entlastet, wohl aber diejenige, die nicht für immer verdammt. Die Bardot war schön (sie ist es immer noch), schöner als ich (ich bin erloschen), obwohl ich nicht hässlich bin. Es hieß sogar, ich sei recht hübsch, trotz meiner roten Haare. Ich weiß nicht, warum ich schreibe «trotz», ich habe meine Rita-Hayworth-Mähne, wie Félix sie nannte, immer gemocht, auch wenn ich die Haare heute kurz trage. Meine Haare haben ebenfalls eine Geschichte. Außerdem dachte ich, die Bardot und ich hätten noch andere Gemeinsamkeiten, nach dem Eifer zu urteilen, mit dem die Zeitungen sie fertigmachen wollten. Auch ich hatte am Eingang des Justizpalasts die Bisse der Fotoapparate im Gesicht gespürt, und ich wusste schon lange, dass sich die Menge in eine reißende, johlende Bestie verwandeln kann, wenn ihr vorgesetzt wird, was sie empört, was sie erregt oder erschreckt. Ich hatte über die Bardot gelesen, dass sie diesen Rummel um ihre Person nicht gesucht habe, dass sie gern wie alle anderen Frauen gewesen wäre und die Journalisten anflehte, sie in Ruhe zu lassen. Verbrecher wünschen sich das ebenfalls.

Niemand hatte für diesen Film meine Familie oder auch nur meinen Anwalt befragt und schon gar nicht mich. Ein Drehbuch über meine Geschichte kam mir umso unwahrscheinlicher vor, als ich bisher überhaupt nichts von der Wahrheit gesagt hatte, nicht einmal bei meinem Prozess; niemand außer mir wusste, was in der Nacht des Verbrechens vorgegangen war.

Ich fürchtete mich nur vor der Szene des Selbstmords meines Vaters am Tag nach meiner Verhaftung. Ich konnte mir vorstellen, dass es schwierig war, einen Mann zu zeigen, der sich mit Gas tötet und dabei darauf achtet, niemanden in Gefahr zu bringen; er hatte einen Gummischlauch vom Warmwasserboiler in seinen Mund geführt. Ich hoffte, der Regisseur würde zeigen, in welche Verzweiflung sein Tod mich gestürzt hatte, eine so tiefe Verzweiflung, dass ich auch nicht mehr leben wollte. Ich dachte da noch, ich sei für seinen Tod verantwortlich.

Aus *Cinémonde* und *Paris Match* hatte ich erfahren, dass der Film hauptsächlich von meiner Tat und dem Prozess handelte. Ich hätte aufs Schlimmste gefasst sein müssen, als ich entdeckte, dass eine der Drehbuchautorinnen des Films die Assistentin von Maître Floriot war, dem Anwalt der Nebenkläger, der mich im Prozess die ganze Zeit unter Beschuss genommen hatte – vielleicht auch, weil ich es abgelehnt hatte, von ihm verteidigt zu werden. Selbst in der Welt der Justiz kommt es nicht alle Tage vor, dass eine Einundzwanzigjährige verurteilt wird, weil sie aus nächster Nähe ihren Exverlobten erschossen hat; so lautete die Beschreibung meines Verbrechens.

Ich gebe auch zu, dass ich einen gewissen Stolz bei der Vorstellung empfand, an meiner Stelle Brigitte Bardot im Spiegel zu sehen. Véronique, eine ehemalige Mitgefangene, mit der ich immer noch befreundet bin, hatte mir gesagt, eine Leinwand sei kein Spiegel. Trotzdem ist der Spiegel zersprungen. Mein Vater wird im Film auf eine unbedeutende Figur reduziert, einen müden, schwachen Mann, den Durchschnittsfranzosen mit der Fratze des Verräters oder Denunzianten; er stirbt ganz plötzlich, noch bevor die Heldin ihr Verbrechen verübt. Die Einzige, die sich in diesem Film umbringt, bin ich, ganz am Schluss. Ich habe mich in einem Gesicht und in einem Körper sterben sehen, die mir nicht gehören. Und doch besteht kein Zweifel, dass es um mich geht, auch wenn die Heldin nicht Pauline, sondern Dominique heißt, auch wenn sie blond ist und ich rothaarig bin. Niemand kann sich vorstellen, was ich empfunden habe, als ich mich in Großaufnahme auf der Leinwand als Tote sah, denn in der Gestalt Brigitte Bardots erkannte ich mich. Ich war so naiv gewesen zu glauben, im Unterschied zur Justiz werde der Film mich als Person wahrnehmen. Es war viel schlimmer. Der Regisseur hatte den Traum meiner Richter verwirklicht, mich zu vernichten. Letzten Endes habe ich in neun Jahren Haft weniger gelitten als in den anderthalb Stunden im dunklen Kinosaal.

Ohne diesen Film wäre ich niemals aus Frankreich weggegangen. Das Land zu verlassen, in dem mein Vater begraben war, machte mir zunächst Angst, es war eine höllische, verzweifelte Flucht in der Hoffnung, in einem anderen Land dem Schicksal zu entgehen, das mich ständig im Blick hatte wie das Auge hinter dem Objektiv eines Fotoapparats, das seine Beute nicht entkommen lässt.

Heute preise ich jeden Tag den Film dafür, dass er mich zum Weggehen bewegt hat, denn hier in Essaouira habe ich das Gefühl, wieder zu leben.

Ich muss aufrichtig sein. Der Film war nicht der einzige Grund, warum ich weggegangen bin. Einige Tage zuvor schob ich mich mit meiner Mutter durch die überfüllten Gänge der Haushaltsmesse, in die sie mich geschleppt hatte, und sah fassungslos die vielen Frauen, die sich für Elektrogeräte begeisterten. Ich hatte gedacht, die Frauen seien freier, unabhängiger geworden, und erkannte, wie sehr sie weiterhin in der Vorstellung von Familie verhaftet waren.

Meine Mutter fühlte sich in diesem den Hausfrauen gewidmeten Tempel offensichtlich in ihrem Element. Am meisten beeindruckten sie das Fernsehen und die hübschen Sprecherinnen, diese absoluten Vorbilder der modernen Frau, vor allem Catherine Langeais, die sie für ihre Eleganz, ihre ruhige Stimme, ihr strahlendes Lächeln und ihre tadellosen Frisuren bewunderte. Meine Mutter war von einer kindlichen Neugier, die mich zuerst belustigte; sie interessierte sich für alles, was sie sah, besonders für jenes kleine Bataillon perfekter Ehefrauen, die um den Titel «Fee des trauten Heims» wetteiferten. Alles begeisterte sie.

Sie machte mich auf die Bräute aufmerksam, die noch keinen Ehering, sondern einen schlichten Saphir am Ringfinger trugen. Die Mädchen, viel jünger als ich, leicht toupiert, stolzierten am Arm ihrer Verlobten durch die Gänge und versuchten herauszufinden, ob ihre Zukünftigen bereit waren, sich zu verschulden, um ihnen all den modernen Komfort zu bieten. Diese jungen Paare gefielen meiner Mutter. Mich befremdeten sie ein wenig.

Sie fand die Mädchen immer entzückender. Ich fand sie immer unfreier. Die jungen Männer mit ihren Keilhosen und ihren zu engen Popelinejacken wiederum fand sie zunehmend unmännlich. Ich fand sie zunehmend tröstlich. Aber ich hütete mich, meine Meinung zu äußern.

Schließlich zeigte sie lebhaftes Interesse an der Vorführung einer Waschmaschine durch eine bezaubernde blonde Hostess mit blauen Augen, die in geblümtem, steifem Kleid auf einem Podium stand und eine amerikanische Zigarette mit goldenem Mundstück rauchte, während sie darauf wartete, dass die Wäsche fertig wurde. Ich ahnte nicht, was dieses Bild in ihr auslösen sollte, nachdem wir hinausgegangen waren, um in der Bar des Claridge, wohin ich sie eingeladen hatte, einen Eiskaffee zu trinken. Ich kannte sie gut genug, um zu wissen, dass sie sich Zeit nahm, ihren Gedanken zu formulieren. Sie löffelte etwas Schlagsahne von ihrem Kaffee und hielt inne. Sie frage sich, was die jungen Frauen wohl mit all der freien Zeit anfingen, denn sie zweifle nicht daran, dass die modernen jungen Frauen der Versuchung all dieser Elektrogeräte erliegen würden. «Die Versuchung», sagte sie, «ist ja eine biblische Geschichte bei den Frauen, und natürlich wissen das die Werbeleute!»

Sie amüsierte mich, und ich versuchte, ihr zu erklären, dass vor allem die Emanzipation den Frauen erlaube, außerhalb des Hauses zu arbeiten, und diesen nicht unerheblichen Fortschritt hätten wir Frauen ja weit mehr Moulinex und Electrolux zu verdanken als Simone de Beauvoir. Doch sie hatte keinen Sinn für meinen Humor, und ihre Gedanken, wie die der Frauen in Balzacs *Philoso-phie des Ehelebens*, die ich gerade noch einmal gelesen habe, kreisten plötzlich nur noch um all die neuen Dinge.

Nach einer Pause fügte sie hinzu: «Das wolltest du doch immer, außer Haus arbeiten.»

Weder verblüfft noch eigentlich überrascht, wartete ich darauf, dass sie mir das erklärte, doch das Gespräch schweifte zu meinem Vater und der Erziehung, die er mir hatte angedeihen lassen. Ich sah, wie sie in einem Abgrund versank, während sie mit dem Kaffeelöffel einen Strudel in ihrer Tasse erzeugte, in der kein Gramm Schlagsahne übrig war. Ich erinnere mich, erwidert zu haben, mein Vater hätte sicher gewollt, dass ich eine unabhängige Frau werde. Sie antwortete lediglich: «Mit unabhängigen Frauen konnte er nichts anfangen ...»

Unbewusst hatte sie an den dunklen Teil meiner Geschichte gerührt, und offenbar setzte sie sich seit Langem mit etwas auseinander, was für sie weit mehr eine Abnormität als ein Rätsel zu sein schien. Jetzt, da ich mit meiner Mutter allein war, und nach den Jahren der Haft zerbrach zum ersten Mal etwas in meinem Verhältnis zum Vater, auch wenn ich mir noch lange nicht vorstellen konnte, worauf meine Mutter mit dieser Geschichte von den modernen Frauen hinauswollte.

«Gib zu», sagte sie, «du hättest nie in Betracht gezogen, dich um einen Haushalt zu kümmern, auch wenn du geheiratet hättest.»

Mit der Erwähnung des Heiratens spielte sie auf Félix an, von dem wir nie gesprochen hatten, nicht einmal bei ihren Besuchen im Gefängnis. Ich spürte, dass ich die Dinge so schnell wie möglich klarstellen musste, als sie, noch bevor ich antworten konnte, ihren Gedanken zu Ende führte.

«Du siehst ja, wohin dich das gebracht hat.»

Eine Ohrfeige wäre mir lieber gewesen. Sie hatte es geschafft, zwischen der freien Zeit der modernen Frau und meinem Verbrechen einen Zusammenhang herzustellen. Sie war überzeugt, dass Frauen, die sich selbst überlassen sind, so wie ich es ihrer Ansicht nach gewesen war, und die sich allerlei Gedanken machen, während sie ihre Zigaretten rauchen, so wie ich meine Royales rauchte, dass solche Frauen Gefahr liefen, ihren niedrigsten Instinkten zu folgen und kriminell zu werden, in etwa so wie die Bardot im Film eben. Bis dahin hatte ich nie das Gefühl gehabt, dass sie mir Vorwürfe machte, aber nun war im Zittern ihrer Stimme ein Zorn auf mich zu spüren, den sie all die Jahre bezähmt hatte. Vielleicht war es auch der Film, der die Dämonen einer untadeligen Frau und gekränkten Mutter in ihr weckte, nachdem sie all die Jahre klaglos mitgespielt hatte, ohne je über mich zu richten.

Als ich meine Tränen hinuntergeschluckt hatte, merkte ich, wie meine Mutter auf ihrem Stuhl ganz klein wurde, sich ihrer Grausamkeit schämte. Da empfand ich unendliche Zärtlichkeit für sie. Ich erkannte, in welchem Ausmaß sie fähig gewesen war, von ihrer Moral und ihrem Mutterschmerz abzusehen, als sie versuchte, mich zu retten. Im Grunde zürnte sie mehr meinem Vater als mir. Trotzdem spürte ich, dass es Zeit war zu gehen, Abstand zu all dem zu gewinnen, zu meiner Geschichte, zu meinem Verbrechen, zu meiner Familie, zu ihr und sogar zu meiner Muttersprache, die mich am Ende immer verurteilte. Ein paar Tage später bestärkte mich der Film in dieser Überzeugung.

Am Tag meiner Ankunft in Essaouira zog ich in das Haus mit den weißen Wänden und den blauen Läden, in dem ich noch heute lebe. Ich nahm es in Besitz. «Besitz» ist das richtige Wort, ohne dass ich weiß, ob ich dieses Haus besitze oder ob es mich besitzt. Es herrscht vollkommene Übereinstimmung zwischen dem Stein und meinem Körper, zwischen dem Mittelpunkt des Hauses und meinem Herzen, zwischen seinem Schatten und meinem Innersten – genau das Gegenteil vom Gefängnis, wo es nur Trennung gibt zwischen Mauern und Körpern. In zwei Jahren habe ich nie das Bedürfnis verspürt, die Einrichtung zu verändern. Kein Luxus, nur das Wesentliche. Ich kam mit einem Koffer hier an, heute habe ich nicht viel mehr, abgesehen von einem Plattenspieler, Langspielplatten, der Aufnahme des Mozart-Requiems von Karl Richter, die Véronique mir gerade geschenkt hat, und ein paar Büchern, *Die menschliche Komödie*, die ich im Gefängnis noch einmal ganz gelesen habe, *Verbrechen und Strafe*, das einzige Buch, das ich gestohlen habe, als ich La Petite Roquette verließ, und *Lettera amorosa*, ein Geschenk von meinem Anwalt. Die ganze Menschheit auf zwei kleinen Regalbrettern. Das Haus wurde möbliert vermietet. Es gab bereits ein Messingtablett für den Tee auf einem fein gearbeiteten Dreifuß neben einem behelfsmäßigen Sofa, über das eine Berberdecke geworfen war; sie ist immer noch da. Gestern habe ich einen Tisch und einen Stuhl hinzugefügt. Mein Heft liegt auf dem Tisch. Sonst nichts. Nur nicht alles vollstellen, vor allem wenn ich schreiben soll. Ich habe aus meinem Haus wieder meine Zelle gemacht. Ich hätte Lust auf etwas anderes haben können, ein geräumigeres Haus voller Dinge, die mir geschenkt wurden oder die ich von meinen Ausflügen in dieses Marokko, das mich aufgenommen hat, mitbringe. Frauen schmücken gern ihre Häuser, und ich bin immer versucht, im Souk irgendetwas zu erstehen, aber im letzten Augenblick verzichte ich doch darauf. Ich kann nicht anders. Nach fast zehn Jahren Haft habe ich nicht zuletzt dank Dostojewski und dank meines Medizinstudiums begriffen, dass das Wort «Zelle» auch den Kern des Lebens bezeichnet. Ich habe also während dieser unendlichen Jahre des Eingesperrtseins gelernt, den Raum und die Luft, die ich für mein Gleichgewicht brauche, in mir selbst zu finden, auch wenn das manchmal zwangsläufig einer inneren Leere gleichkam.

Alles hätte in diesem Zauber der Tage und der gewöhnlichen Dinge weitergehen können, wenn ich mich nicht in Jean verliebt hätte. Vor sechs Monaten habe ich ihn kennengelernt. Er ist ein schlichter, technisch begabter, schlanker, muskulöser Mann, und er sieht gut aus. Er ist Ingenieur. Ein Konstrukteur wie mein Vater. Ein Mann, der nichts anderes sein will als ein Mann. Ein Mann, der meiner Mutter gefallen hat, als sie mich das letzte Mal besuchte. Er ist ein Mann mit geschickten Händen. Man muss gesehen haben, wie er Gegenstände anfasst, ohne sie je zu zerbrechen; und jedes Mal, wenn er mich berührt, lässt er mich unter seinen Händen neu erstehen. Wenn er mich berührt, merke ich, dass ich in der übrigen Zeit, ohne ihn, ohne seine Hände, keinen Körper mehr habe, dass ich verschwinde. Auch das ist eine Seltsamkeit, aber eine Seltsamkeit, die mich umso mehr fasziniert, als ich nie ein Bild von mir hatte, vielleicht weil in dem Haus, in dem ich aufwuchs, keine großen Spiegel waren, ich habe immer nur ein Stück von mir gesehen. Jeans Hände sind machtvoller als Spiegel. Ich habe nicht gedacht, dass ich fähig sein könnte, von Neuem zu lieben. Ich habe all die Jahre geglaubt, Liebe sei für mich ein Tabu.

Hier konnte ich nicht mein Leben noch einmal von vorn anfangen (genau das wollte ich nicht), sondern ich konnte ein neues Leben anfangen. Es war eine Wiedergeburt, auch dank Jean. Ich habe mich Véronique anvertraut, die mich regelmäßig besucht, und sie hat dieses Wort benutzt. «Verstehst du», sagte sie mir, «das 16. Jahrhundert bezeichnet man als Renaissance, weil es das Jahrhundert der Anfänge war! Und deshalb hat Leonardo da Vinci so viele unvollendete Gemälde hinterlassen, ihn interessierte der Anfang, nie das Ende der Dinge. Ihn interessierten nur die neuen Tage, der Morgen, das Dämmerlicht. Sieh dir seine unvollendeten bläulichen Chiaroscuro-Bilder an, es ist das gleiche Blau wie manchmal in der Frühe, wenn man vor Kälte zittert.»

Schon als ich Véronique kennenlernte, war sie vernarrt in Italien. So nannte sie es selbst. Sie kam zu mir in meine Zelle, legte sich auf den Strohsack, die Hände unterm Kopf, und kehrte zurück nach Rom oder in die Toskana, wo sie mit einem italienischen Schauspieler glücklich gewesen war, der ihr irgendwann das Leben schwer gemacht hatte, so schwer, dass sie ihn umbrachte. Aber in Frankreich. Um die Bilder ihres wunderbaren Italien nicht mit Blut zu beflecken. Félix hatte mir Italien für unsere Hochzeitsreise versprochen. Ich war noch nie dort gewesen und stellte es mir wie eine riesige Wüste vor, barocke Paläste, die sich aus dem Sand erheben, ein türkisblaues Meer darum herum, Reihen alter Zypressen und überall, kunstvoll verteilt, Marmorstatuen in der Sonne, einer Sonne, die leuchtet, aber nicht brennt. Véronique sagte: «Was du dir vorstellst, ist ein Bild von de Chirico.» Von diesem Maler hatte ich noch nie etwas gehört. In den folgenden Monaten haben wir nur noch über Malerei gesprochen. Ein Maler pro Tag. Sie hat diese Regel aufgestellt, und wir haben uns daran gehalten. Sie fing an, mir wie einer Blinden von der Malerei zu erzählen. So etwas zu hören hat mir in meinem Leben oft gefehlt. Offenbar war ich nicht die Einzige, denn sehr bald kamen andere Häftlinge, um den Beschreibungen zu lauschen. Und ich begeisterte mich für Caravaggio, Botticelli, de Chirico, Miró, Picasso, Bruegel, da Vinci, Max Ernst und Nicolas de Staël, ohne auch nur ein einziges ihrer Werke gesehen zu haben. Bis auf die blauen Illustrationen von Georges Braque, die ich aus René Chars *Lettera amorosa* kannte, jenem Gedichtband, den mein Anwalt mir am Ende meines Prozesses geschenkt hat. Ich liebte diese Gedichte und vor allem den Namen des Dichters, René wie das Partizip der Vergangenheit des Verbs *renaître*, wiedergeboren, und Char wie der Wagen, um zu fliehen, oder auch der Karren, um mich zum Schafott zu bringen. Das war das Bild,

das ich von einer zum Tod Verurteilten im Kopf hatte,
das Bild der Königin Marie Antoinette aus meinen Ge-
schichtsbüchern.

Hier in Essaouira ist es mir in den letzten zwei Jahren gelungen, das Wunder der niemals endenden Anfänge zu
erleben. Ich erwarte nichts anderes. Gestern aber habe ich
gespürt, wie zerbrechlich und wie leicht zu erschüttern
das Gebäude ist, das ich errichtet habe.

Jeden Freitag bei Sonnenuntergang treffen wir Emi-
granten uns am Strand. Ich bin mit Jean hingegangen. Ich
weiß nicht mehr, wie das Gespräch auf dieses Thema kam,
aber Christiane, eine Mathematiklehrerin in der Entwick-
lungshilfe, fing an, über Brigitte Bardot und den neuen
Film mit ihr, *Privatleben*, herzuziehen. Sie kritisierte die
Art und Weise, wie die Schauspielerin schon immer ihren
Körper eingesetzt habe, um ihren Lebensunterhalt zu ver-
dienen. Christiane hatte sich zum Zeitpunkt der Drehar-
beiten in der Schweiz aufgehalten und erzählte, wie die
Bardot von den Genfern beschimpft wurde, die ihrem Wi-
derwillen gegen sie lauthals Ausdruck verliehen: «Soll sie
ihre Schweinereien doch zu Hause in Frankreich machen!
Wir in der Schweiz wollen unsere Ruhe haben. Krepieren
soll sie! Abschaum zu Abschaum! Steckt sie ins Bordell
und eine Kamera dazu!» Die gleichen Beschimpfungen,
wie ich sie am Ende des Kriegs zu hören bekommen hatte.
Alle anderen Mädchen stimmten ein, alle verurteilten sie,
keine bedauerte sie, sie habe es nicht anders verdient. Nur
Jean wurde so heftig, als hätte man mich beschimpft. Mir

gefiel es, wie er die Schauspielerin verteidigte, die so wild, so natürlich sei, derart natürlich, dass sie gar nicht zu spielen scheine. Außer, hat er hinzugefügt, in der *Wahrheit.* Mein Herzschlag setzte einen Moment lang aus. Ich spürte es richtig. Seiner Ansicht nach habe sie mit dem Film bewiesen, dass sie eine große Schauspielerin sei. Er erwähnte noch die Einmütigkeit der Presse in dieser Frage und warf schließlich den anderen Mädchen vor, sie seien eifersüchtig auf ihre Schönheit, ihre Freiheit und ihre geistige Unabhängigkeit. Mich beruhigte, was er sagte. Ich hatte keinen Zweifel, dass er dasselbe über mich sagen würde, wenn er wüsste, was mich mit diesem furchtbaren Film verbindet. Ist ihm bewusst, dass das Drehbuch auf einer wahren Geschichte beruht?

Die Diskussion wurde hitzig. Ich hatte vergessen, was für ein perfektes Gesprächsthema das Kino bietet, wenn Menschen sich nichts zu sagen haben. Es sind immer dieselben Worte: ich fand den Film toll, schön, interessant oder eben schlecht, belanglos, die Schauspielerin dies, den Schauspieler das. Das Vokabular in Sachen Kunst ist ungefähr so dürftig wie das in Sachen Liebe, das sich ebenfalls auf wenige Versatzstücke beschränkt: ich liebe dich, du fehlst mir, du bist mein Leben, ich kann nicht ohne dich sein. Und doch entzücken sie uns.

Da ich nichts sagte, fragte mich Jean nach meiner Meinung, er suchte meine Unterstützung.

«Ich habe keine Meinung.»

«Alle haben doch eine Meinung zur Bardot.»

«Ich habe eben keine.»

«Hast du *Die Wahrheit* nicht gesehen?»

«Doch, ich habe den Film gesehen.»

«Und du hast ihn nicht gemocht?»

«Nein.»

«Wie ist das möglich?»

«Ich habe ihn nicht gemocht, das ist alles.»

Alle Blicke richteten sich auf mich. Und in der Hoffnung, dieser Qual ein Ende zu setzen, hörte ich mich antworten: «Vielleicht habe ich ihn nicht unter günstigen Bedingungen gesehen.»

Jean fachte das Lagerfeuer und zugleich auch das Gespräch an, das sich jetzt dem Film zuwandte, und stellte der Rolle der Bardot die von Marie-José Nat verkörperte Rolle der Schwester gegenüber. Ich habe nie eine Schwester gehabt, aber mir war nicht entgangen, dass der Filmemacher durch diesen Trick meine Figur zweigeteilt hatte, auf der einen Seite die eifrige Schülerin und auf der anderen Seite das verlorene Mädchen, die Lernbesessene und die Sexbesessene. Diese Verzerrung hatte damals keine andere Wirkung, als mir vor Augen zu führen, dass ich nach Ansicht des Filmemachers eben zu sehr meinen schlechten Neigungen gefolgt war, denen, die mich zur Verbrecherin gemacht hatten, wohingegen ich, wäre ich den guten gefolgt, eine glückliche und verheiratete Frau sein könnte. Dieser ganze Moralismus des Kinos widert mich an.

«Andrée, du hast den Film ja nicht gemocht, was meinst du, warum sie sich am Ende umbringt?», fragte mich Christiane und verschränkte ihre zierlichen Beine in der Caprihose zum Schneidersitz.

«Ich weiß nicht ... vielleicht glaubt sie nicht mehr ans Leben ... oder es gibt darin für sie keinen Platz mehr.»

«Glaubst du, sie stellt solche Überlegungen an? Ich glaube eher, es ist die Scham für das, was sie getan hat.»

«Scham? Nein!!»

Jean wandte den Blick nicht mehr von mir, aber ich konnte nicht zurück, nachdem ich mit diesem Ausruf beinahe die Maske hätte fallen lassen.

«Was ich sagen will, ist, dass mir die Scham nicht ausreichend zu sein scheint, um sich umzubringen, zumindest nicht für jemanden, der so jung ist.»

«Aus Liebe stirbt sie auch nicht», sagte Christiane.

«Woran stirbt sie dann, deiner Meinung nach?», fragte mich Jean, dessen Blick mir in diesem Moment Angst machte.

«Ich glaube, man kann nur daran sterben, dass man nicht mehr geliebt wird. Und das bedeutet nicht, aus Liebe zu sterben, sondern eher das Gegenteil.»

Das Schweigen der anderen und Jeans Blick waren so erdrückend, dass es mir vorkam, als übertönten sie das Rauschen der Wellen. Ich fühlte mich genötigt hinzuzufügen: «Na ja, das glaube ich jedenfalls», um jegliche Besorgnis meinetwegen zu zerstreuen. Ich war weit davon entfernt, mir vorzustellen, was Jean mich ein paar Stunden später fragen würde.

«Willst du meine Frau werden?»

Ich habe ja gesagt. Mehrmals, und bin ihm um den Hals gefallen, jetzt, da das Glück mir hold zu sein scheint; vielleicht auch, weil ich mich in Jeans Blick ganz sehe, ohne einen Schatten auf meinem Gesicht.

Es ist Wahnsinn, ich weiß. Wie habe ich nach der Szene am Strand alles, was mein Leben ist, in ein paar Sekunden vergessen können? Aber es war unmöglich, der Poesie dieses Mannes zu widerstehen, genauso unmöglich, wie der Poesie dieses Landes zu widerstehen. Alles hier hat eine poetische Macht, bis hin zu den Gegenständen. Auch wenn ich nicht zu sagen vermag, was dieses Wort genau bezeichnet oder umfasst. Es ist, als wäre die Poesie die Macht der unsichtbaren menschlichen Dinge über die armseligen und sichtbaren Dinge des normalen Lebens. Das ist ein Geheimnis, das sich Gott entzieht. Es ist eine Sicht der Dinge, die den Menschen vorbehalten ist, und doch scheint die Poesie aus derselben geheimnisvollen Substanz gemacht zu sein wie Gott. Seit meiner Ankunft hier erlebe ich sie überall um mich herum, sie verändert meine Wahrnehmung der Realität. Die Männer und Frauen Marokkos sind vor allem aus Poesie gemacht, einer Handvoll Sand dazu und ein wenig Meerwasser.

Während ich darauf beharre, dass ich nicht Arabisch sprechen will und es vor allem nicht verstehe, spricht Jean es fließend und fängt sogar an, es zu schreiben. «Es ist eine Schrift der Gelehrten und Künstler», pflegt er zu sagen. Er hat mir auch erklärt, dass Essaouira so viel bedeutet wie «die Wohlbehütete». Es war, als wüsste er alles über mich, denn er fügte hinzu: «Das ist eine Bezeichnung, die auch zu dir passt, weil du eine schrecklich verschwiegene Frau bist und nie von dir sprichst.»

Ich erinnere mich, wie ich mit meiner Antwort zögerte, denn ich spürte instinktiv, dass ich eher mit dieser Idee der Verschwiegenheit kokettieren als mich dagegen wehren sollte. Er lächelte und bedeckte meine Lippen mit Küssen und drückte das Wort «Liebe» auf meinen Mund. Von diesem Tag an nannte er mich seine «Wohlbehütete». Wenn seine Freunde sich darüber wundern, zögert er nicht, die Bedeutung dieses Ausdrucks abzuwandeln, und behauptet, ich gehörte ihm und er sei mein Hüter. Ich liebe seine Lüge, die sein Verlangen verrät, mich zu besitzen. Ich habe mir im Leben nichts anderes gewünscht, als einem Mann zu gehören.

Meiner Mutter war längst vor mir klar, dass er um meine Hand anhalten werde. «Verzichte! Glaub mir, es wird viel schmerzlicher sein, zurückgewiesen zu werden, als zu entsagen. Dein Opfer hat zumindest einen Sinn, aber der Schmerz über die Zurückweisung hat keinen. Er weiß nicht einmal, dass du Pauline heißt, er glaubt, Andrée sei dein richtiger Vorname. Wie lange wirst du es ihm verheimlichen können? Und wenn du ohne diesen Mann nicht leben kannst – ich weiß, wie das ist, wenn eine Frau vor Liebe zu einem Mann vergeht –, dann lüge, ich flehe dich an!»

Es war das einzige Mal, dass sie die wahnsinnige Verliebtheit erwähnte, die sie mit meinem Vater erlebt hatte.

37

Wenn ich Jean die Wahrheit über meine Vergangenheit offenbarte und er nicht wie erhofft reagierte – was für einen nie zuvor verspürten unerträglichen Schmerz stellte sie sich für mich vor, dass sie, die doch so Fromme und Tugendhafte, mir zur Lüge riet?

Wie könnte ich diesen Mann heiraten, der mich mit der arabischen Sprache ins Leben zurückgebracht hat, ohne ihm zu sagen, dass der Name, den ich trage, nicht mein Name ist; ohne ihm zu sagen, dass dieser Film, den er dreimal gesehen hat, von meinem Leben angeregt wurde; ohne ihm zu sagen, dass die Figur, die von Brigitte Bardot verkörpert wird, ich sein soll; ohne ihm zu sagen, dass ich, wie sie im Film, verurteilt worden bin, weil ich einen Mann umgebracht habe, der mich nicht mehr lieben wollte; ohne ihm zu sagen, dass die Liebe, die ich für ihn empfinde, mich freier macht als meine Entlassung aus dem Gefängnis? Ich merke, dass ich selbst mein Leben nur noch auf mein Verbrechen, meinen Prozess und diese Jahre im Gefängnis reduziere; ich kann mich dem nicht entziehen.

Und spätestens, wenn ich für das Aufgebot eine Geburtsurkunde vorlegen muss, wird er entdecken, dass ich nicht Andrée heiße, sondern Pauline Dubuisson. Wird er sich erinnern, was er in der Presse über das Mädchen gelesen hat, das von den Journalisten «die Verruchte», «die blutrünstige Stolze» oder «die Messalina des Klinikums» genannt wurde? Vielleicht hat er die Geschichte nicht verfolgt, Kriminalfälle interessieren nicht jeden, aber bestimmt hat er die Rezensionen gelesen, als der Film in die Kinos kam. Möglicherweise stellt er keinen Zusammenhang her, aber ganz gewiss wird er mich, auch ohne Hintergedanken, fragen, warum ich meinen Vornamen geändert habe. Diese Frage wird unweigerlich gestellt, wenn jemand seinen Taufnamen abgelegt hat. Pauline ist ein viel schönerer, femininerer Vorname als Andrée; ich bin sicher, dass er Pauline vorziehen wird, ich bin sogar sicher, dass er finden wird, Pauline stehe mir viel besser. Ich könnte immer noch irgendetwas erfinden, ihm sagen, es sei mir nach dem Tod meines Vaters (ohne die Umstände zu erzählen) wichtig gewesen, ihm zu Ehren seinen Vornamen anzunehmen. Es wäre nur eine halbe Lüge und vielleicht sogar akzeptabel. Obwohl alle es geglaubt haben, war ich nie eine Lügnerin.

Seine Begeisterung für Brigitte Bardot hätte mich von ihm entfernen sollen, aber ich dachte, ich sei imstande, die Herausforderung anzunehmen. Er hat nicht nur all ihre Filme gesehen, er hat nicht nur *Die Wahrheit* gesehen, er hat sogar ihr Bild im Schlüsselanhänger seines Triumph. Zum Glück behält er ihn in der Tasche, wenn er nicht Auto fährt. Aber jedes Mal, wenn wir einen Ausflug machen, manchmal auch in die Wüste, baumelt das schöne Gesicht der Schauspielerin am Zündschloss und bedroht mich. Ich habe daran gedacht, ihm einen anderen Schlüsselanhänger zu schenken, eine lederummantelte goldene Medaille mit dem Schutzpatron der Reisenden, dem heiligen Christophorus, aber ich habe darauf verzichtet aus Angst, er könne das Geschenk als Ausdruck von Eifersucht auf die Schauspielerin ansehen.

Vor allem fürchtete ich die Diskussionen, die es hätte auslösen können. So habe ich den heiligen Christophorus in der Schublade meines Nachttischs verwahrt.

Jean hat mich heute Nachmittag in der Ambulanz abgeholt. Er wollte, dass wir an den Strand gehen. Ich hatte
Lust zu schreiben, aber man sagt nicht, dass man nach
Hause will zum Schreiben, wenn man nicht Schriftsteller
ist. Ich bin mit ihm gegangen. Wir sind lange geschwom-
men. Ich liebe seinen Sportlerkörper, seine langen, mus-
kulösen Schenkel, ich liebe es zu sehen, wie er mich liebt
oder wie er Faxen macht, um mich zu verführen, ich liebe
es, seine Haut zu riechen, ich liebe seine Küsse, die mich
betören, ich liebe es, mich in seinem Blick zu erschöpfen,
auch wenn ich mich heute nicht mehr so darin sehen
kann wie sonst, ich sehe wieder Pauline, und Pauline fordert mich insgeheim heraus. Er hat gesagt: «Was ist das
für ein Schatten in deinen Augen, jetzt, da du weißt, dass
wir uns nie mehr trennen werden?»

Alles geht zu schnell. Dabei hätte ich diese wunderbaren und erschreckenden Dinge voraussehen müssen.
Stattdessen habe ich mir keinerlei Fragen gestellt, habe
mich in meinem Liebesleben von niemandem bevormun-
den lassen, schon gar nicht von meiner Mutter.

Ich muss dauernd an sie denken. Heute Nacht möchte
ich ihr schreiben und ihr sagen, dass ich mir vorwerfe, sie
nicht so geliebt zu haben, wie sie es verdiente. Eine so
schlichte und bodenständige Frau, die all das erlebt hat:
die bedingungslose Liebe, den Schmerz, zwei Kinder im
Krieg zu verlieren, einen Mann, der meinetwegen Selbstmord verübt hat (obwohl sie mir diesen Vorwurf nie gemacht hat – das ist ja gerade das Unbegreifliche), und eine
Tochter, die wegen Mordes vor Gericht stand – eine sol-

che Frau ist notwendigerweise in der Lage, das Drama zu ahnen, lange bevor es sich ereignet.

Ich hatte noch nicht verstanden, dass nicht die Liebe oder das Begehren oder die Sexualität eine Frau ausmacht, sondern ihre wunderbare Fähigkeit, dem Leben zu trotzen und es zu verwandeln, wie kein Mann es je könnte. Die Männer verstehen sich darauf, gegen konkrete Dinge zu kämpfen, gegen Tiere, die Unbilden des Wetters, gegen Feinde, während die Frauen imstande sind, gegen das Unbekannte, gegen die bösen Geister, gegen das Schicksal zu kämpfen. Ist die Erziehung durch meinen Vater der Grund dafür, dass ich oft mehr wie ein Mann als wie eine Frau reagiere?

Meine Mutter hat die Gefahren stets gewittert und kam ihnen zuvor. Warum will ich dann heute noch hartnäckig nicht auf sie hören, nachdem sie doch all diese Prüfungen durchgestanden und meine Entgleisungen und meine Hysterien ertragen hat, die mich, davon war ich überzeugt, von ihren Hausfrauenkleinheiten befreiten? Warum kann ich ihr immer noch nicht vertrauen nach all diesen Wüsten, die sie an meiner Seite durchquert oder durch die sie mich vom Rand aus begleitet hat, ohne mich je aus den Augen zu verlieren? Warum empfinde ich sie immer noch als Bedrohung? Vielleicht weil ich schließlich geglaubt habe, dass ihre Worte eher Zauberformeln sind als Warnungen oder Ratschläge, denn alles, wovor sie mich bewahren wollte, ist eingetreten.

Als ich sie das letzte Mal zum Flughafen gebracht habe, sagte sie: «Vergiss nicht, dass Jean nur ein Mann ist.» So redet eine Frau mit einer anderen Frau. Aber vielleicht bin ich dem nicht gewachsen? Wenn meine Mutter von einem Mann sagt, er sei nur ein Mann, erkennt sie zwar die Kraft seiner Männlichkeit an, betont aber zugleich all seine moralischen Schwächen und spricht ihm jede Fähigkeit ab zu verzeihen, das heißt jede Fähigkeit, die Wahrheit zu hören. Nie hatte sich meine Mutter so klar über die Schwäche der Männer geäußert, sie stand dreißig Jahre lang einer Familie vor, zu der vier Männer gehörten, zwischen meinem Vater und mir noch drei Brüder. Ich wagte nicht zu fragen, auf welche Erfahrungen sie anspielte, dass ihr Urteil so endgültig ausfiel. Ich kannte sie nicht so gut, wie ich dachte, auch wenn ich meine Kindheit und Jugend lang ihr Leben geteilt hatte. Vielleicht spielte sie auch auf Félix an. Sie fürchtete, dass es wieder losginge, dass ich wieder in denselben Zustand des Wahnsinns geriete, dass ich von Neuem den Boden unter den Füßen verlöre, dass ich wieder tötete.

Zum zweiten Mal in meinem Leben bin ich in der gleichen Situation: Ich muss einem Mann, der mich heiraten will, die Wahrheit über meine Vergangenheit sagen. Félix hatte ich offenbaren müssen, dass ich bei der Befreiung kahlgeschoren worden war, Jean muss ich gestehen, dass ich wegen des Mordes an Félix verurteilt worden bin.

Das Schreiben erwartet nichts von mir, ich erwarte alles von ihm. Stundenlang saß ich unter der Pergola der Terrasse, mit literweise Tee, Kippen im Aschenbecher, und nichts passierte. Ich klappte mein Heft zu und ging zurück ins Haus.

Den Rest des Tages blieb ich auf dem Sofa liegen, die Arme auf den Augen, zitternd bei dem Gedanken, Jean morgen die Wahrheit über mein Leben sagen zu müssen. Doch nicht der Gedanke an diese Enthüllung fesselte mich ans Sofa, sondern der Geruch von dunklem Tabak im Haus. Zuerst glaubte ich, Jean, der Gitane raucht, habe sich versteckt, um mich zu überraschen, aber das Haus, in dem es keinen Winkel gibt, war leer. Dann dachte ich, jemand rauche unterhalb der Terrasse, doch da war niemand. Ich hatte sogar den Eindruck, dass meine Kleider und die Berberdecke diesen sonderbaren Geruch verströmten. Es war aber nicht der Geruch meiner Zigaretten, obwohl der Aschenbecher voll war; ich rauche nur Royale. Es war, als wollte irgendetwas oder irgendjemand mich vereinnahmen, ohne sich mir zu erkennen zu geben, wie ein Geist, der den gesamten Raum besetzt, in dem ich schreiben, unbedingt schreiben will, weil ich mich außerstande fühle, mit Jean zu sprechen. Der Geruch beruhigte mich. Ich wehrte mich nicht und ließ mich überfluten. Im Einschlafen erkannte ich auf einmal den so charakteristischen Geruch von Tabak und Feuerstein. Es war der Geruch der starken Raucher von dunklem Tabak, der Zigaretten meiner im Krieg gefallenen Brüder, des Pfeifentabaks meines Vaters und des Zündsteins ihrer Feuer-

44

zeuge. Sonderbar, nach so vielen Jahren wieder diesen aus der Vergangenheit aufsteigenden Dunst riechen zu können, ohne dass ich mein Gedächtnis anstrengen muss. Schließlich akzeptierte ich den Gedanken, dass meine Toten zurückkehren, als hätten sie mich wiedergefunden, nachdem sie mich lange gesucht hatten. Auch jetzt noch winden sie sich, erregt, wütend, in unsichtbaren Schleifen um mich. Ich kann mich noch so sehr zusammennehmen und mir sagen, all das sei nur eine Ausgeburt meiner Phantasie, trotzdem bin ich wie eingehüllt in ein Tuch aus Nikotin. Bald bedrängt es mich, bald wiegt es mich, ich schwanke zwischen Entzücken und Entsetzen. Von der ersten Minute an war die Empfindung erschreckend angenehm, ich habe sie genossen, fand darin Zuflucht vor der Angst. Doch rasch wird sie schal wie ein schlechtes Parfum auf der Haut. Die Empfindung wird bedrohlich. Das Tuch verwandelt sich in eine Fessel. Es will mich am Schreiben hindern. Es drängt sich zwischen meinen Körper und das Heft. Ich spüre, dass ich auch diesen Geistern widerstehen muss. Ich darf mir von den Toten und vom Schicksal nicht immer alles gefallen lassen.

Es gelang mir schließlich, die Halluzination zu vertreiben, indem ich mir wieder und wieder sagte: Die Toten kümmern sich nicht um die Lebenden, die Toten kümmern sich nicht um die Lebenden, die Toten sind tot, nur die Lebenden können die Lebenden bedrohen. Alles kam aus mir. Wovor habe ich Angst? Davor, dass ich in meiner Geschichte den Beweis für meine Schuld finde, wie meine Richter ihn so sicher gefunden haben, und dass ich Jean jeden Grund liefere, mich zurückzuweisen, oder dass ich noch etwas anderes finde, eine noch beunruhigendere Entdeckung mache, die mich zerbricht? Warum rechne ich nur mit dem Schlimmsten? Warum kann ich nicht auch gute Gründe dafür finden, mit Jean zu leben oder einfach zu leben, ohne mich rechtfertigen zu müssen? Das ist alles, was mir fehlt, um den Gedanken an das Glück zuzulassen.

ZWEITES HEFT

Jean, dieses Heft schreibe ich für dich. Ich heiße Pauline Dubuisson, und ich habe einen Mann getötet. Aber niemand wird als Mörder geboren. Wahrscheinlich ist das Verbrechen – wie die Poesie – eine Konsequenz aus geheimnisvollen und unbeherrschbaren Dingen. Bloß weiß ich nicht, aus welchen. Die Geschichte meines Lebens ist auch eine lange Geschichte der Toten, die ich nicht stören und nicht aufbringen will, obwohl ich im tiefsten Innern hoffe, dass ich ihnen diese Stücke von mir, von mir und ihnen, die sie mit ins Grab genommen haben, entreißen kann; ich weiß aber nicht, welche es sind.

Für dich und für uns will ich schreibend noch einmal diesen Weg gehen, um dir mehr anzubieten als meine Schuld und viel mehr als mein Verbrechen. Ich wollte, du wärst jetzt hier, bei mir, ich möchte mit dir reden, wie man schreibt, ich möchte, dass du mir vergibst, was mir niemand vergeben hat. Aber wie könntest du das, ohne alles von mir zu wissen? Und ich will nicht, dass du mich verurteilst. Ich bin nicht einmal sicher, ob ich will, dass du mir vergibst. Ich möchte, dass du mir zuhörst. Ich will dir mein ganzes Leben erzählen, ohne etwas zu vergessen. Doch die Szenen meiner Vergangenheit fallen mir nur bruchstückweise ein, vor allem die aus meiner Kindheit, und wenn sie mir einfallen, dann in einem unentwirrbaren Durcheinander. Es ist wohl so, dass sich die Vergangenheit noch nicht zu einer zuverlässigen Materie, zu einem soliden Erinnerungsgewebe verdichtet hat, wie es bei älteren Menschen der Fall ist, die offenbar alle ein Refugium für ihre Sehnsucht darin finden. Ich weiß nicht, wie ich es anstellen soll. Es ist schrecklich, dringlichst zu wollen, dass etwas eintritt, ohne zu wissen, wie es geschehen könnte. Ich werde also anfangen wie in dem Film, den du so bewunderst: mit meinem Prozess, denn an dieser Stelle meines Lebens geht alles zu Ende und beginnt von vorn.

Das im Affekt begangene Verbrechen ist eines der wenigen verzeihlichen Verbrechen, hatte mir mein Anwalt gesagt. Doch niemand wollte mir verzeihen. Sie wollten alle meine verbrecherischen und blutrünstigen Neigungen beweisen. Niemand glaubte an mein Pech oder mein Unglück. Und die Anstrengungen, die sie unternahmen, um ihre Wahrheit hervorzuzerren, erinnerten mich an die meiner Mutter in unserem Garten, wenn sie mit bloßen Händen Dornenranken oder Disteln ausriss – man muss von irgendeinem Furor gepackt sein, um sich so abzuarbeiten, es braucht etwas Stärkeres als den simplen Wunsch, den Garten in neuer Schönheit zu sehen, es braucht einen tiefen Abscheu vor allem Wilden. Auf dieselbe Art und Weise haben sie in meinem Verbrechen gewühlt, um das Moment zu finden, das die Vorsätzlichkeit beweisen könnte. Sie haben sich eine Irrsinnsmühe gegeben, sind aufgestanden, haben sich empört, haben angeprangert, angeklagt, die Akte durchforstet, ein mögliches Szenario der Tatnacht erstellt. Sie wollten alle und in aller Seelenruhe die Todesstrafe erwirken. Sie wollten mich töten. Nicht nur meines Verbrechens wegen, das angesichts der Umstände und meines Alters wenn nicht vergeben (ich habe nie um Vergebung gebeten), so doch zumindest hätte verstanden werden können. Meine Mutter dachte, diese Hartnäckigkeit habe mit dem Selbstmord meines Vaters zu tun, für den man mich verantwortlich machte; aber keiner der Richter kannte ihn, auch wenn sie an seine Heldentaten in Verdun erinnert haben. Meine Mutter hatte in gewisser Weise recht. Es gab einen anderen

Grund, der schwerer wog als mein Verbrechen: Ich war bei der Befreiung kahlgeschoren worden. Und sie wollten die Arbeit der Saubermänner vollenden, die Ehre Frankreichs wiederherstellen. Für sie blieb ich die geschorene Frau, die in Friedenszeiten einen Mann getötet hatte, und nicht irgendeinen Mann! Einen unbescholtenen Franzosen aus einer Familie von Widerstandskämpfern und Katholiken.

Die geschorene Frau? Ich war zum Zeitpunkt dieser Tortur keine Frau, ich war nicht einmal siebzehn. Es fällt mir immer noch schwer, daran zurückzudenken. Ich bitte dich, geduldig zu sein, denn ich kann über diesen Tag nicht sprechen, ohne von Neuem das Grauen zu empfinden, das er für mich bereithielt, und die Folgen zu spüren, die er für mein Leben hatte und weiter haben könnte, weil ich entschlossen bin, dir alles zu sagen, all das, was ich noch nie gesagt habe, nicht einmal in meinem Prozess. Während der drei Wochen der Anhörung hatte ich das Gefühl, dass der Krieg noch nicht vorbei sei, umso weniger (ich könnte wetten), als keiner meiner Richter ihn mitgemacht hatte, jedenfalls nicht aufseiten der Helden. In diesem Gerichtssaal aber führten sie ihn noch einmal mit mir. Die Konfusion war allgegenwärtig, und keine Sitzung verging, ohne dass dieser Tag der nationalen Rache nicht meinen Prozess befleckt hätte. Die öffentliche Schur war für sie, obwohl sie das nie auszusprechen wagten, sondern die Leumundszeugen daran erinnern ließen, der nicht zu leugnende Beweis meiner lasterhaften Natur, die mich dazu getrieben hatte, eine kaltblütige Mörderin zu werden. Gewiss bestand ein Zusammenhang zwischen den beiden Ereignissen, aber er war nicht von dieser Art. Ihr Wunsch, mich zu vernichten, war so stark, dass er alles durchdrang, und sie genossen es, mich zittern zu sehen. Doch ich zitterte nicht um mich, ich zitterte um meine Mutter im Saal, an die niemand zu denken schien. Dank meines beharrlichen Anwalts und ohne Beweise für die Vorsätzlichkeit (denn es hatte keinen Vorsatz gegeben) konnten sie die Todesstrafe nicht durchsetzen, zumal ich mich weigerte, ein Geständnis abzulegen. Ich saß bewegungslos – kalt, sagten sie – in der *box des accusés*, der «Box der Angeklagten». Komisch, dass man dabei von den Angeklagten im Plural und nicht von einem Angeklagten spricht. In was für eine Ahnenreihe der Kriminalität wird ein Beschuldigter da gestellt, sobald er vor Gericht erscheint? Wie kann man einem solchen Fluch entgehen? Man ist dort schrecklich allein. Auch das Wort «Box» ist merkwürdig, es verrät ein gewisses Unbehagen der Justiz, denn man bezeichnet diesen Verschlag für die Angeklagten mit einem englischen Wort, obwohl wir für alles und jedes französische Wörter haben, außer eben dafür. Manchmal, wenn der Richter mich bat aufzustehen, hatte ich das Gefühl, eine Pappmachéfigur zu sein wie auf dem Jahrmarkt, die man aus der Distanz kaputtmachen musste. Mein Vater hatte ein Kinderspielzeug von sich aufbewahrt: Hinter einer Barriere ragten die Oberkörper dreier schnurrbärtiger Preußen in Uniform mit Knebelverschlüssen und Pickelhaube aus dem Krieg von 1870 auf; mit einem Stoffball als Gewehrkugel musste man sie abschießen. Ohne dieses Kinderspiel, sagte er, hätte sich

53

die Idee, Elsass und Lothringen zurückzuerobern, nicht so fest in ihm verankert.

Es fällt mir schwer, mich an meinen Vater zu erinnern. Es geschieht über Umwege, über dieses Kinderspielzeug zum Beispiel, weil ich in Wahrheit nicht imstande bin, mich der Erinnerung an ihn zu stellen; ein Einfall muss mich fast irrtümlich darauf stoßen. Ich erinnere mich an sein Interesse an den Wörtern und der französischen Sprache, und ich bin sicher, er hätte bei meinem Prozess, wenn er dabei gewesen wäre, lange vor mir begriffen, was sich zusammenbraute. Als ebenfalls versierte Kenner der Sprache standen meine Richter vor einem gewaltigen Problem, so hatte mir mein Anwalt gesagt, der mit aller Kraft an die Macht der Sprache glaubte. Die Vorsätzlichkeit qualifiziert das Verbrechen als Mord, als *assassinat*. Doch das Substantiv *assassine*, mit dem eine Frau zu bezeichnen wäre, die vorsätzlich gemordet hat, existiert in der französischen Sprache nicht; die Form ist nur als Adjektiv gebräuchlich. Maître Floriot und die anderen arrangierten sich mit dieser Unzulänglichkeit des Französischen. Sie schlängelten sich durch die Sprache, umgingen Hindernisse, mieden Wörter, die sie nicht aussprechen konnten, das Wort «Schlampe» beispielsweise – unmöglich, es aus dem Mund dieser unbescholtenen Männer mit tadellosem Haarschnitt, Seidenkrawatte und Maßanzug unter den schwarzen Roben zu hören, aber alle dachten es, dachten, dass ich eine kleine Schlampe sei, eine billige Nutte, eine läufige Hündin. Ich hörte es an der Art, wie sie mich ansprachen: Sie in Ihrem Liebeswahn, Sie in

Ihrer Eitelkeit, Sie in Ihrer Lasterhaftigkeit, Sie in Ihrer Eifersucht. Sie sprachen zu mir, ohne mich anzusehen, entsetzt von der Vorstellung, sie wären womöglich dem Ruf einer Sirene ausgesetzt. Dabei war ich doch erst dreiundzwanzig und völlig verschreckt.

Um meine Angst zu verbergen, achtete ich darauf, mich möglichst schlicht zu kleiden. «Eleganz ist Kultur», hat meine Mutter immer gesagt. Meine Ankläger störte, dass mein Aussehen nicht meinem Verbrechen entsprach. Sie hätten es vorgezogen, wenn ich mich wie eine Hure gekleidet hätte. Das lassen die Drehbuchautoren übrigens im Film meinen Anwalt sagen oder jedenfalls den Anwalt der von Brigitte Bardot dargestellten Person; es ist sogar sein erster Satz im Film: «Ich hoffe, sie hat sich nicht wie eine Hure gekleidet.» Sie tritt wie eine Heilige auf, makellos, schwarzes Kleid mit Bubikragen, das hochgesteckte Haar wohlfrisiert. Ihr Anwalt staunt am meisten über diese Erscheinung in der Anklagebox. Wie sollte man sie nicht für eine Manipulatorin halten, die zu allem fähig ist, um ihr Ziel zu erreichen, die sich als perfektes junges Mädchen gibt, während sie im restlichen Film halb nackt und zerzaust durch die Gegend läuft?

Ich hatte solche Angst vor diesem Prozess, dass ich dachte, ich könnte mich ihm entziehen, indem ich am Tag vor seinem Beginn einen erneuten Selbstmordversuch machte. Mein dritter. Ich wurde mit knapper Not gerettet. Ich bin also erst am zweiten Tag zu meinem Prozess erschienen, und Maître Floriot, der Anwalt der Nebenkläger, im Film von Paul Meurisse gespielt, hat mir den Satz hingeworfen, den am nächsten Tag alle Zeitungen zitierten: «Wenn ich es recht verstehe, Mademoiselle Dubuisson, misslingen Ihnen also all Ihre Selbstmorde, und nur Ihre Morde gelingen Ihnen!»

Ihre Morde? Sicherlich fügte er auf seiner Liste den Tod meines Vaters hinzu.

Manchmal im Lauf dieser langen Prozesstage gelang es mir zu entkommen, mich für einen kurzen Moment in die Vergangenheit zu flüchten (nach der niemand fragte), und ich erinnerte mich an meinen ersten Schultag und daran, wie glücklich ich war, lernen zu dürfen; an den ersten Western, den ich mit meinen Brüdern gesehen habe, die mich im Kino in ihre Mitte nahmen; an meine Angst an einem Herbstmorgen, als mein Vater mich zur Jagd in den Wald mitnahm; an die Claudine-Bücher, die ersten echten Romane, die ich gelesen habe; an jenen Tag, an dem ich mit dreizehn beim Mittagessen erklärt habe, dass ich Ärztin werden wolle; an meinen ersten Kuss in einem Park, der mich umgehauen hat. Ich muss bei der Erinnerung an eine dieser kleinen Geburten in meinem Leben gelächelt haben, denn Maître Floriot, der Anwalt von Félix' Familie, sprang auf, zeigte mit anklagendem Finger in meine Richtung und forderte das Gericht auf, sich dieses Lächeln anzusehen und es meiner Kälte und meinem Sadismus zuzurechnen. Ich versuchte, nicht unterzugehen.

Mein Leben war bloß noch ein Leichnam, mit dem die Sachverständigen, Psychiater, Zeugen, Anwälte und Richter sich beschäftigten, als nähmen sie eine Autopsie vor, nur dass die Gerichtsmediziner dem Toten aufrichtige Achtung entgegenbringen und ihn sogar im Einzelfall respektvoll ansprechen; ich kannte einen Gerichtsmediziner, der sich bei der Leiche entschuldigte, bevor er sie mit seinen Instrumenten öffnete. Man hat mich mit einem Werkzeug geöffnet. Aber ich war lebendig, meine Augen sahen, und meine Ohren hörten. Man suchte im Leichnam meines Lebens die Beweise für meine offenkundige Verbrechernatur, belastende Elemente, die meine Tat nicht erhellten, sondern bezeugten. Es war eine Durchsuchung am offenem Körper, eine totale Enteignung meiner intimsten Vergangenheit, bei der man weder das Schöne in meinem Leben noch die Wunder, noch die Tugenden, noch die Ideale, noch die Liebe, noch die Aufrichtigkeit, noch das Gute suchte, nichts, was hätte zeigen können, dass es Menschlichkeit in mir gab. Alle dachten an den leblosen Körper meines Opfers, das unter der Erde lag, im Kalten. So haben sie Félix den ganzen Prozess über genannt, «das Opfer». In seinem Körper haben sie nur die bösen Spuren gefunden, die ich hinterlassen habe; ansonsten war er bloß Schönheit, Wunder und Versprechen. Richtig, das alles war er auch. Was glaubten sie denn, warum ich ihn liebte?

Sicherlich weil ich beim Schreiben an dich denke, fallen mir die Bilder des Films manchmal leichter ein als die Bilder meiner Vergangenheit, die sie überlagern. Es ist, als müsste ich durch die Filmbilder hindurch, um auf der anderen Seite meine eigenen Bilder suchen zu können. Hast du bemerkt, dass in allen zeitgenössischen Filmen die jungen Leute keine Geschichte zu haben scheinen, dass sie eine Art spontane Generation zu sein scheinen, vom Krieg unberührt? Die Figur der Bardot im Film bezieht sich nie auf diese Zeit, obwohl ich doch zwischen den beiden großen Weltkriegen geboren bin, wie du und wie sie.

Ich war das Nesthäkchen in dieser Familie, die vor meiner Geburt drei Jungen zählte, drei Burschen, die ich vergöttert habe, vor allem meinen ältesten Bruder, der dem Alter nach fast mein Vater hätte sein können. Unser Haus mit seinem Garten, aus dem meine Mutter ein wahres Eden gemacht hatte, habe ich geliebt. Die Kindheit war ein Paradies, aber ich wusste nicht, dass geschrieben stand, wir sollten alle eines Tages daraus vertrieben und in die Dornen des wirklichen Lebens gejagt werden. Bei den Mahlzeiten saß ich am Tisch meinen großen Brüdern gegenüber, neben meinem Vater. Ich mochte diesen Platz nicht, denn so konnte ich meinen Vater nicht sehen, ich hätte dauernd den Kopf drehen müssen, um ihn zu bewundern, und ich fürchtete viel zu sehr, dass meine Verehrung für ihn entdeckt würde. Daher brachte ich einen Großteil der Mahlzeit damit zu, seine geschickten und kräftigen Hände zu betrachten, die manchmal mit seinem Serviettenring, dann wieder mit seinem Messer spielten.

Der Krieg war noch nicht erklärt, doch mit den Ängsten meiner Mutter ging ihm sein Schatten voraus und verursachte ein Beben, das die Tage und die Nächte erzittern ließ. Je näher er rückte, desto unruhiger wurde meine Mutter und malte das Gespenst des Kriegs von 1914 an ihre Küchenwände, nicht das Gespenst des ganzen Kriegs, nur das der Besetzung von Lille durch die Deutschen. Mein Vater sprach nie über den Großen Krieg und beließ es dabei, sich jeden 11. November am Gefallenendenkmal vor seinen Kameraden zu verbeugen, die auf dem Feld der Ehre gefallen waren, vor all jenen, die der Krieg neben ihm hinweggefegt hatte, ohne jemals ihn auszuwählen. Dass er diesem Gemetzel entkommen konnte, war der Grund für sein Schweigen. Der Gedanke, Zeugnis ablegen zu sollen, lag ihm fern, er hatte überlebt, also musste er sich glücklich schätzen und den Mund halten. Nur die Toten hatten das Recht zu reden. Meine Mutter, die außerhalb ihrer vier Wände stets reserviert war, führte im Haus das Regiment und zögerte nicht, von der Vernichtung der Zivilbevölkerung in Lille zu sprechen, was außer ihr nie jemand tat. Jedes Mal, wenn wir uns weigerten, noch einmal von ihrem Hühnchen, ihrem Bœuf bourguignon oder ihrem Kaninchenfrikassee zu nehmen, erzählte sie uns, wie die Deutschen es angestellt hatten, eine ganze Stadt auszuhungern. «Nichts haben sie den Franzosen gelassen, nichts», sagte sie, «sie haben die Bevölkerung buchstäblich ausgesaugt. Man muss diese Deutschen gesehen haben, mager wie Spatzen waren sie gekommen, aber als sie abzogen, waren sie fett wie Kapaune. Wenn sie zurück-

kommen, wird es genauso sein, sie werden uns alles wegnehmen, ich werde nichts mehr zum Kochen haben, und
wir verhungern, also esst!»

Mein Vater war zuversichtlicher. Als Chef eines staatlichen Bauunternehmens, viel mehr denn als Veteran,
vertraute er auf Maginot, dem er die Bewunderung von
Konstrukteur zu Konstrukteur entgegenbrachte, und er
war auch selbst ein überzeugter Befürworter des Betons.
Meine Mutter konnte sich gar nicht vorstellen, was dieser «steinerne Muskel» bedeuten sollte, von dem André
Maginot sprach, der denselben Vornamen trug wie mein
Vater. Für sie war es eine Verteidigungslinie an unseren
Grenzen, die sie kaum beruhigte und die die Franzosen
ein Vermögen kostet.

«Die Deutschen sind menschenfressende Ungeheuer», fuhr sie fort, ohne sich darum zu kümmern, was
ihr Mann für ein Gesicht machte. «Sie wissen nicht, was
Hunger ist, und doch sind sie nie satt! Aber das ist normal, sie waren ja nie besetzt.» Einmal, als wir ihre Argu-
mente schon auswendig kannten, widersprach ihr mein
Vater. «In puncto Besetzung täuschst du dich.» Sie war
verunsichert; rasch kramte sie in ihrem Geschichtsge-
dächtnis, um zu prüfen, ob sie etwas übersehen haben
könnte, doch sie fand keine Spur irgendeiner Besetzung
der Deutschen durch die Franzosen, weder 1870 noch
1914. «Und 1923, haben wir da etwa nicht das Ruhrgebiet
besetzt? Und das Ruhrgebiet, mein Schatz» – um sie zu
beruhigen, nannte er sie immer Schatz –, «das ist doch in
Deutschland. Fast drei Jahre Besetzung!»

Vielleicht. Aber für sie war die Besetzung des Ruhrgebiets eine Folge des Kriegs, nicht der Krieg selbst. «Niemals wird man mich dazu bringen, dass ich akzeptiere, was hier geschehen ist», erklärte sie und füllte uns die Teller auf. «Man muss sich einmal vorstellen, dass die Schwester von Madame Villaume, die in Lille Lehrerin war, mehrmals allein zum Chef der deutschen Kommandantur gegangen ist und ihn angefleht hat, ihnen zumindest die Milch für die Kinder zu lassen. Sie soll ihm sogar gesagt haben: ‹Wenn Sie den Kindern die Milch wegnehmen, das ist, als würde man Ihnen den Wein wegnehmen!› Sie wusste, wovon sie sprach, er war ein Trinker! Und als Trinker hat er sich an den Kindern gerächt und es abgelehnt.» Ich sehe meine Mutter vor mir, wie sie mehrmals hintereinander fragte: «Ist denn das menschlich?», und dann fortfuhr: «Ich bin sicher, dass wir uns im Ruhrgebiet nicht so verhalten haben.» Mein Vater antwortete nicht, auch wenn er weit davon entfernt war, die naiven Ansichten seiner Frau über die französischen Tugenden zu teilen.

Diese Besatzungsgeschichte erschreckte mich. Manchmal wachte ich nachts aus Albträumen auf, in denen ich von Deutschen in Pickelhauben Furchtbares zu erleiden hatte. Aber sie fing jeden Tag wieder damit an, als triebe sie etwas Stärkeres an als der Wunsch, uns zu beeindrucken. Diese Periode ließ ihr keine Ruhe. Sie erinnerte sich, wie die Engländer in Lille einmarschiert waren, um es zu befreien, und literweise Kölnisch Wasser auf ihre Taschentücher geschüttet hatten, die sie sich wegen des Verwesungsgeruchs vor die Nase hielten. Die Straßen waren übersät von Kinderleichen mit aufgedunsenen Bäuchen. Die Kinder waren nicht von Maschinengewehrsalven oder Granaten getötet worden und auch nicht vom Senfgas, sondern sie waren verhungert; sie waren zwei Jahre ausgehungert worden. Sie betonte die Grausamkeit dieses sehr langsamen Todes, bei dem man entsetzliche Qualen leidet, und gab uns zu bedenken, dass all diese verhungerten Kinder so gern auch nur ein Stück Brot gehabt hätten, um am Leben zu bleiben. «Und ihr mäkelt herum?!» Sie beendete ihren unerbittlichen Monolog mit den Worten: «Am Sonntag kommt ihr alle mit in die Kirche, um Gott zu danken, dass ihr den Krieg nicht erlebt habt, und zu beten, dass er nicht wiederkommt.»

«Es wird keinen Krieg geben», schloss damals mein Vater und legte seine Serviette, nachdem er sich den Mund abgewischt hatte, neben seinen Teller, also direkt neben meine Hand. In der Absicht, eine Erklärung abzugeben, sah er seine drei Söhne an und fügte hinzu: «Lernt fleißig. Das ist alles, was von euch verlangt wird. Du ebenfalls, Pauline, auch wenn die Mädchen in Kriegszeiten weniger gefährdet sind als die Jungen.» Er war weit davon entfernt, sich vorzustellen, was der Krieg für uns Frauen bereithielt. Bevor er sich zu einem kurzen Verdauungsschlaf zurückzog, vergaß er nicht, meiner Mutter für das Essen zu danken und wieder einmal ihre außerordentliche Kochkunst zu rühmen. Im Sommer ging ich manchmal mit ihm in sein Zimmer und tat dann so, als schliefe ich neben ihm. Ich liebte es, in dieser sommer-

62

lichen Stille den Geräuschen im Haus zu lauschen, dem leisen Klappern des Geschirrs, dem Knarren der Schranktüren, dem Besen, der gegen die Beine der Möbel stieß, und die Geräusche gaben mir die Gewissheit, dass meine Mutter nicht in der Nähe war. Doch in jenem Jahr fand meine Mutter, ich sei jetzt wirklich zu groß, um meinem Vater noch ins Schlafzimmer zu folgen.

Ich hatte keinen Appetit mehr und war nun, nachdem mein Vater schlafen gegangen und meine großen Brüder zu ihren Jungensbeschäftigungen zurückgekehrt waren, unweigerlich allein mit meiner Mutter. Ich blieb vor meinem vollen Teller sitzen, meine Füße reichten nicht bis auf den Boden, und ich spürte, wie mir die Satinschleife in die Stirn rutschte, die sie mir nach der Morgentoilette ins Haar gebunden hatte. «Iss, Pauline, du weißt nicht, wer dich fressen wird.» Diesen Satz habe ich zig Male gehört. Zu verschmähen, was meine Mutter gekocht hatte, war schlimmer als eine Beleidigung, es bedeutete, sie unsichtbar zu machen. Damit sie also nicht verschwand, zwang ich mich angestrengt zu essen und dachte, dadurch könnte ich auch diese Bilder der toten Kinder in den Straßen von Lille verscheuchen, die mich zum Weinen brachten. Vom ersten Bissen an verloren die Augen meiner Mutter ihre Starrheit, die nur der gewöhnliche Ausdruck ihres Hausfrauenwahnsinns war. Sie wurde wieder schön. Es war eine der seltenen Gelegenheiten, die mir erlaubten, ihre Schönheit zu bewundern. Sie setzte sich mir gegenüber und beobachtete mich, folgte mit dem Blick meiner

Gabel, vom Teller zu meinem Mund, freute sich für mich bei jedem Bissen, und so ging es weiter, bis ich alles aufgegessen und meinen Teller mit einem dicken Stück Brot ausgewischt hatte. Jetzt, da ihr ein ruhiger Tag gewiss war, wurde sie noch schöner. Sie wusste, dass die Bäuche ihrer Kinder gefüllt waren, dass ihr Mann am Abend nach Hause kommen würde, wie jeden Abend, und dass sie in aller Ruhe den Abwasch machen und sich um den Haushalt kümmern konnte bis zum Nachtessen. Meine Mutter verlangte nicht mehr vom Leben als eine kleine Pause, um in die Kirche zu laufen und Gott danken zu können, dass er ihr eine so schöne Familie geschenkt hatte. Sie war glücklich. Und ich übergab mich im Garten.

Als ich glaubte, ich müsste den Rest meines Lebens im Gefängnis verbringen, kehrte diese Erinnerung jeden Tag zur Essenszeit zurück, ohne dass ich Appetit bekam; im Gegenteil, die Nahrung wollte nicht mehr in mich hinein. Ich versuchte es. Ich kaute lange, so lange, bis die Struktur der Lebensmittel sich veränderte, sie wurden breiig, dann süß, dann geschmacklos, selbst das Brot wurde ein Fremdkörper, der mich ekelte, und ich spuckte es aus. Ich hatte das Gefühl, mein Schlund und meine Speiseröhre seien gelähmt und übten ihre Schluckfunktion nicht mehr aus. So sehr ich mich auf meine Rachenmuskeln konzentrierte, einen nach dem anderen benannte in der Hoffnung, dass sie sich meinem Willen beugen würden, es war nichts zu machen, es ging nichts hinunter.

Ich kannte alle Namen, die in unserem Körper vorkommen, vom Kopf bis zu den Füßen. Die Wörter des Körpers sind außerordentlich poetisch, insbesondere die des Rachens: Gaumensegel, Zungenbein, Gaumenbogen, Eustachische Höhle und unzählige andere. Keiner von uns könnte in einem Land leben, ohne dessen Geografie und Geschichte zu kennen; es ist überhaupt die einzige Möglichkeit, um sich zu Hause zu fühlen. Die meisten Menschen leben in einem Körper, der ihnen vollkommen fremd ist. Alles, was außerhalb unseres Körpers ist, beruhigt uns, während das Innere uns derart einschüchtert, dass wir es verdrängen, bis uns eine Krankheit ereilt. Einer meiner Professoren in der medizinischen Fakultät hat gesagt: «Krankheit ist ein Notschrei des Körpers, der es nicht mehr aushält, ignoriert zu werden.» Mir gefiel dieser Zusammenhang, den er zwischen Krankheit und Körper herstellte, denn schon vom allerersten Anatomieunterricht in der Grundschule an war mein Körper für mich seltsamerweise ein sichereres Haus als das meiner Eltern, ohne dass ich das Phänomen erklären kann. Bevor ich daran dachte, Menschenleben zu retten, war es die Neugier zu erfahren, woraus ich im Innern gemacht war, in welchem Körperhaus ich lebte, die mich veranlasste, Medizin zu studieren.

Im Gefängnis diente mir mein Körper nur noch dazu, den Stoff der Anatomielektionen zu wiederholen, die ihn zwangsläufig auf seine erstaunliche, perfekte und gefährliche Mechanik reduzierten, so erstaunlich, perfekt und gefährlich wie Gott. Keinen Hunger zu verspüren war von allen Symptomen dasjenige, das ich mir am wenigsten erklären konnte. Niemand wollte lieber essen als ich, und sei es, um meiner Mutter eine Freude zu machen, die sich bei jedem Besuch danach erkundigte. Als Kind hatte ich zugegebenermaßen keinen großen Appetit, aber nun stieß mich allein der Gedanke ab, eine Speise zu mir nehmen und zersetzt wieder ausscheiden zu sollen, als wäre die Nahrung eine Metapher für meine Fähigkeit, Lebendiges in Totes und Totes in Fäulnis zu verwandeln, und ich glaube – wohlgemerkt, ich glaube –, es war die einzige Möglichkeit, um innerlich so rein wie möglich zu bleiben, denn mein Anblick hatte alle Welt angewidert.

Jean, an diesem Punkt deiner Lektüre fragst du dich wahrscheinlich, ob all das hätte vermieden werden können. Mein Anwalt dachte das aufgrund gewisser Dinge, die ich ihm anvertraut hatte und die heute schwierig zu sagen und zu schreiben sind. Als er merkte, welche mörderischen Absichten das Gericht in Bezug auf mich verfolgte, bestand er darauf, dass ich aussagte: «Sie müssen über Ihren Vater sprechen, Sie müssen sagen, was Sie mit ihm erlebt haben, das ist Ihre einzige Chance, die Geschworenen zu erweichen und ein gnädiges Urteil zu erlangen.» Doch das war unmöglich, zumal ich in diesem Augenblick weder Gnade noch Mitleid suchte, ich wollte nur Gerechtigkeit, auch wenn mir bewusst war, dass all diese Männer mich töten wollten. Mein Anwalt war ein ehrlicher Mann, und ich musste es mit ihm auch sein. Ich sah genau, dass er Angst um mich hatte, mehr Angst als ich selbst. Ich habe ihn also gebeten, all das, was ich ihm anvertraut hatte über meinen Vater und mich am Ende des Kriegs, über unser beider Flucht nach Saint-Omer, nicht ans Gericht weiterzugeben. Ich habe ihm das Versprechen abgenommen, es nicht für die Verteidigung zu verwenden. Diese intimen Dinge hatte ich ihm nur erzählt, um seine Überzeugung zu stärken und ihm zu zeigen, dass ich nicht das Monster war, das die Zeitungen aus mir machten. Sonst hätte ich ausgesagt, wie du dir denken kannst! Ich hätte gesagt, was ich hätte sagen müssen, um gerettet zu werden.

Aber wovor gerettet? Zu diesem Zeitpunkt meines Lebens wollte ich nur sicher sein, dass mein Vater mich in seine Arme genommen und mir verziehen hätte. Ich brauchte nichts anderes. Mein Vater war mir alles, und erst später sagte ich mir, wenn er mich hätte retten wollen, hätte er nicht Selbstmord begangen, hätte er mich nicht im Stich gelassen. Ich werde dir diese Dinge noch erzählen, aber zuerst musst du verstehen, wie die Beziehung zu meinem Vater beschaffen war, den ich verehrte. Das ist das richtige Wort, und ich habe es, um sicherzugehen, im Lexikon nachgeschlagen. Verehren: jemanden als göttliches Wesen ansehen und ihm einen Kult weihen, jemanden hoch schätzen, ihm in Bewunderung zugeneigt sein. Was ich für meinen Vater empfand, ging über Bewunderung und Zuneigung hinaus, es grenzte an Heiligenverehrung.

Die Jagd ist der andere wichtige Erinnerungskomplex, der sich wegen der toten Tiere und weil er mit meinem Vater verknüpft ist, oft vor die Erinnerungen ans Essen drängt. Der Staatsanwalt versuchte, in seinem Plädoyer die Vorsätzlichkeit zu beweisen, indem er meine Neigung zum Morden mit meiner angeblichen Jagdleidenschaft erklärte: «Wie viel Freude Mademoiselle Dubuisson am Blut hat, sehen Sie daran, dass sie seit frühester Kindheit mit ihrem Vater zur Jagd geht. Welches Mädchen geht schon gern zur Jagd? Keines. Sie aber sehr wohl! Und das Schöne an der Jagd ist für sie, ein Gewehr durchzuladen und aus nächster Nähe ein Tier zu töten.»

Ich wollte nie Jagen lernen. Das war der Wunsch meines Vaters. Ich war außerstande zu töten, selbst eine Spinne. Es ist noch nicht lange her, Jean, dass ich dich daran gehindert habe. Erinnerst du dich? Ich habe zu dir gesagt: «Man kann ein unerwünschtes Tier verjagen, ohne es zu töten.» Stell dir vor, welche Pein es für mich kleines Mädchen bedeutete, zuschauen zu müssen, wie ein oftmals wunderschönes Tier vor meinen Augen abgeschossen wurde.

Ich war acht, als er mich das erste Mal aus dem Schlaf riss, damit ich ihn begleitete. Der Morgen graute nicht einmal. Ich war noch nie mitten in der Nacht geweckt worden. Und das wiederholte sich viele Male, bis zu meinem dreizehnten Lebensjahr, ohne dass ich ihm den geringsten Widerstand entgegensetzen konnte. Aber der Gedanke an etwas Geheimes, das wir beide, ohne die anderen, zusammen erleben würden, vertrieb all meine Ängste.

Am Anfang brannte ich darauf, diese frühmorgendlichen Jagden mit ihm zu teilen, auch wenn die Leidenschaft meines Vaters hauptsächlich der im Dunst liegenden, reifbedeckten Landschaft galt, die wir durchstreiften und die so frostig war, dass sie die ersten Sonnenstrahlen abkühlte.

Meine Mutter zog mich für diese Gelegenheit wie einen Jungen an und hängte mir eine Jagdtasche um, die einem meiner Brüder gehört hatte; darin, in eine Serviette eingeschlagen, Brot und Wurst, ein wenig Butter in einem Tongefäß, ein Glas mit Gürkchen, Obst und ein paar trockene Rosinenkekse, die sie selber machte. Nichts nach meinem Geschmack. Echte Soldatenverpflegung, sagte sie eindringlich zu mir und erwartete eine Reaktion, die aber nicht kam.

Die Erinnerungsbilder, die ich von diesen nebligen Morgen bewahre, da der Atem der Toten träge von den Feldern aufstieg, sind nur bruchstückhaft. Die Gerüche kehren unverändert zurück, vor allem der starke Duft nach Pilzen und feuchter Erde, und ich kann noch das gefrorene Gras unter unseren Schritten knistern hören.

Irgendwann tauchte der Wald aus dem Nebel auf. Der Wald ist einer der großen Orte der Jagd, dunkel und bedrohlich stand er vor mir, voll düsterer Phantasien aus der Märchenwelt, die ich noch nicht hinter mir gelassen hatte, und forderte mich auf, eine andere Welt zu betreten, wo nichts mehr existierte von dem, was ich kannte. Aus diesen Momenten sind mir nur Schreckensgefühle geblieben. Allein das Singen der Vögel beruhigte mich für eine Weile, bevor mein Vater ihm ein Ende machte. Diese kalten Morgenstunden, da bin ich mir heute sicher, haben dazu geführt, dass ich der Kindheit schneller entwachsen bin als die anderen Mädchen. Das gebe ich zu.

Ich wich meinem Vater nicht von der Seite, der nicht einmal auf die Idee kam, mir eine Hand zu geben, während er mit der anderen den Kolben seines Gewehrs umfasste, das er im Arm hielt wie eine Geliebte. Ich hatte eine große Angst: dass er mich im Wald allein lassen, ich nicht in mein normales Leben zurückkehren könne und als Wilde unter wilden Tieren mit Hörnern, Fell und Krallen enden müsse. Mich in diesen Wäldern zu verirren war meine größte Angst und zugleich mein glühendster Wunsch. Ich kann diesen Widerspruch schwer erklären; er erinnert mich an meine Gefühle beim Lesen von Märchen. Ich war überzeugt, je größer mein Opfer wäre, desto mehr würde mich mein Vater lieben. So tat ich alles, was er von mir verlangte.

Als ich ins Gefängnis kam, hatte ich die gleichen Empfindungen wie damals, als ich zum ersten Mal in den Wald ging. Es ist ebenfalls ein Ort, wo die Wildheit die Oberhand gewinnen kann, wo sie uns zwingt, auf der Hut zu sein, und uns furchtbar ängstigt, sodass es uns unmöglich erscheint, eines Tages den Weg zurück ins normale Leben zu finden. In der Haft hat diese Angst auch die Macht, das Leben draußen, das wir verlassen haben (in meinem Fall, wie ich glaubte, für immer), in etwas Wunderbares zu verwandeln, das, weil es sich entfernt, schließlich etwas

Sonderbares, fast wiederum Erschreckendes wird. Meine vorzeitige Haftentlassung ein paar Jahre später wurde zu einer schwierigen Prüfung; die Freiheit war unvorstellbar geworden.

Die Rechnung ist simpel. Neun Jahre Haft. Ich hatte mehr Zeit meines Erwachsenenlebens im Gefängnis zugebracht als in Freiheit. Mit einundzwanzig bin ich inhaftiert, mit dreißig entlassen worden. Im Gefängnis zerbricht die Zeit, und man hört das Echo jeder einzelnen Minute, im Wald hingegen hält die Zeit inne und passt sich dem Schweigen der Tiere an, sie geht von einer Nacht zur nächsten Nacht, und den Tag überlässt sie den Menschen. Im Gefängnis gehören Tag und Nacht den Wärtern.

Als ich entlassen wurde, gab es die Welt, die ich gekannt hatte, nicht mehr. Bei jedem Besuch hatte mir meine Mutter wieder begeistert von den neuesten Haushaltsgeräten erzählt. Die Aussicht auf eine moderne Welt ängstigte mich, viel schlimmer aber war, dass mich eine Welt ohne Félix und ohne meinen Vater erwartete. Ich kannte die Welt ohne sie nicht. Ich fürchtete mich davor, überall nach ihnen zu suchen und erkennen zu müssen, dass sie nicht mehr da waren. Ohne diese beiden Männer, die in meinem Leben als Mädchen und Frau die wichtigsten Plätze eingenommen hatten, in die Welt zurückzukehren war genau das, was ich hatte vermeiden wollen. Im Gefängnis hatte ich mich in einer Welt befunden, in der sie nie gewesen waren. Ich suchte sie dort also auch nicht. Etwas in mir war zwischen diesen Mauern schließlich zur Ruhe gekommen. Ich hatte die Überzeugung gewonnen, ich wäre draußen, außerhalb des Gefängnisses, noch verlorener als drinnen.

Das erklärt auch meine Zurückgezogenheit seit ein paar Tagen. Drinnen bin ich immer noch weniger exponiert als draußen. Ich liebe mein Gefängnis.

Ich weiß, dass du ein Mann bist und dich nicht für die Fragen interessierst, die sich die Feministinnen stellen; ich glaube sogar, dass ihre Forderungen dir missfallen. Vor meinem Prozess hatte ich mich auch nie für diese Fragen interessiert. Aber dann entdeckte ich sie für mich, ohne dass mir das bewusst wurde, wie etwas, was schon immer in mir war. Die Entdeckung geschah einfach, weil mir jene Unzulänglichkeit des Französischen nicht aus dem Sinn ging, das keine weibliche Form des Worts *assassin* kennt. Die Überlegungen, die ich allein in meiner Zelle anstellte, betreffen einen entscheidenden Punkt in meinem Prozess.

Die Sprache, das heißt die Geschichte, die in die Wörter eingegangen ist, hat die Frau stets in ihrer Position der Schwäche, ihrer Zweitrangigkeit belassen, als könnte sie ihr Tun und Begehren nicht vorher bedenken, als wäre sie unfähig zu planen, zu organisieren, sich etwas vorzustellen, zu überlegen, die Wünsche ihres Ehemanns zu befriedigen, sie vorwegzunehmen, auch manchmal Lust zu wecken oder mit großer Phantasie zu erregen. Natürlich ist sie dazu imstande. Ich habe gesehen, wie meine Mutter das ihr ganzes Leben lang getan hat. Doch all das beweist nichts. All das ist nichts wert. Für die Männer, vor allem solche wie meinen Vater, ist alles anders. Aus dem imaginären Paradies vertrieben, haben sie mit ihren Händen das verfluchte Dickicht in Jagdgründe und Ackerland verwandelt. Sie haben die göttliche Herausforderung angenommen und ein anderes, noch viel beeindruckenderes Wunder vollbracht. Sie haben das Verbrechen zu einem doppelten Prinzip erhoben: Ein Mann tötet aus Notwendigkeit oder um sich zu verteidigen. Der Vorsatz kommt bei ihm also aus der Jagd und der Notwehr des Kriegs. Aber woher kommt der Vorsatz bei einer Frau?

Über diese Dinge habe ich oft in meiner Zelle nachgedacht. Dort erfordert Denken aber eine ebenso große Anstrengung wie Sporttreiben, wenn der Körper zu nichts mehr zu gebrauchen ist. Schließlich kam ich zu dem Schluss, dass die Vorsätzlichkeit bei einer Frau nur der Beweis ihrer Abartigkeit sein kann. Und die Vorstellung überwältigte mich, dass die Frau für schlimmste Verwandlungen verantwortlich ist: Aus dem Garten Eden wurde Dickicht, aus Tugend Laster, aus dem Mann ein Opfer. Daher musste sie, nachdem sie aus dem Garten Eden vertrieben war, auch aus der Sprache ausgestoßen werden. Eine Frau, die ihr Verbrechen vorsätzlich begeht, ist in den Augen der Richter so schändlich, dass man keine Bezeichnung für sie gefunden hat. Sie ist zugleich ein Geschöpf des Teufels, der sie wegen der ihr eigenen Dummheit manipulieren kann, und Opfer ihrer Triebe und ihrer Hysterie. Mit den Männern verhält es sich ganz anders, selbst die schlimmsten bleiben immer Jäger oder Krieger mit verzeihlichen Urimpulsen, und wenn sie nicht heldenhaft sind, sind sie zumindest faszinierend. So weit bringen es die Frauen nie, und das Gesetz, das doch gerecht sein will, trägt immer noch jenes archaische Gift in sich, das dafür sorgt, dass die Welt der Justiz ihre prähistorische Prägung beibehält. Und dieser ganze Mist hat sich auch noch in unserer Sprache niedergeschlagen.

Ich war noch erfüllt von all diesen Dingen, über die ich während langer schlafloser Nächte in der Stille meiner Zelle nachgegrübelt hatte, als der Staatsanwalt sich erhob, um sein Plädoyer zu halten. Nach seinem Gerede über die Jagd kam er zur Beweisführung: «Sie sehen also, was Mademoiselle Dubuisson an der Medizin gefällt, das ist die Kantine der Assistenzärzte, obwohl doch einem jungen Mädchen der obszöne Ton, der dort herrscht, unerträglich sein sollte! Aber Pauline Dubuisson erträgt ihn sehr gut! Und was ihr am meisten gefällt, das ist die Chirurgie, die offen daliegenden Organe, das nackte Fleisch, der Anblick von Blut, der Geschmack von Blut, das Wühlen in blutigen Eingeweiden. Das zeigte sich bereits im Krankenhaus von Dunkerque! Ein Krankenhaus unter deutscher Leitung wohlgemerkt – ich erinnere daran, weil man daran erinnern muss! Und wo sie im Alter von fünfzehn Jahren als Krankenschwester angestellt wurde, um deutsche Verwundete mit aufgeschlitzten Bäuchen zu pflegen. Wer kann mit fünfzehn solche Entsetzlichkeiten ertragen? Vielleicht eine Heilige, aber Mademoiselle Dubuisson ist keine Heilige! Nicht genug, dass sie ihr Vaterland verrät, mit ihrem deutschen Chefarzt frönte sie auch noch dem Laster! Falls noch Zweifel an ihrer wahren Natur bestehen sollten, erinnern wir daran, was ihre Professoren zu Protokoll gegeben haben. Alle versicherten, Pauline Dubuisson sei die einzige Studentin gewesen, die im Präparierkurs nie vor einer Leiche ohnmächtig wurde! Auch nicht beim ersten Mal, während die jungen Männer umfielen wie die Fliegen. Nein, lassen Sie sich nicht von

76

ihrer Intelligenz beeindrucken, die sie nur benutzt, um zu lügen, oder von ihrem Schweigen und ihren Tränen, die sie einsetzt, um Zweifel zu säen. Die Medizin ist bei ihr keine Berufung, sondern ein Laster. Und im Unterschied zu den großen Ärzten hat sie von der Medizin gelernt, dass ein Leben nicht viel wert ist. Deshalb hat sie ihren ehemaligen Verlobten kaltblütig ermorden können, einen brillanten jungen Mann, der eine große Zukunft als Arzt vor sich gehabt hätte und der das Glück seiner Familie war.»

Ich erinnere mich noch an jedes seiner dröhnenden Worte, mit denen er mich niedermachen wollte. Bis dieser Staranklläger, vom eigenen rhetorischen Schwung mit-gerissen, in seinen Unterlagen den Faden seiner genau vorbereiteten Argumentation wiederfand, war ich aufge-standen. Ich habe gar nicht gemerkt, dass ich aufstand, eher wurde ich emporgehoben. Ohne ums Wort zu bitten, nutzte ich die Pause und lieferte ihm, was er brauchte, um mich endgültig zu verdammen. Ich wollte nicht als törichtes, von Gefühlen geleitetes Mädchen verurteilt werden, als Übergeschnappte, als dummes Ding, das im engen Rock umherläuft und die Beine zur Seite wirft, ob-wohl ich doch immer wie ein Junge gerannt bin, in langen Schritten. Zudem hatte ich nur noch den einen Gedanken im Kopf: Schluss machen, aber wirklich Schluss machen.

«Ich gebe zu, dass ich das Verbrechen, das mir vorge-worfen wird, vorsätzlich begangen habe.»

Um diese Erklärung, Jean, geht es mir, denn diese lange

Überlegung war wichtiger als die Wahrheit. Als ich erklärte, ich hätte mein Verbrechen vorsätzlich begangen, habe ich gelogen; paradoxerweise hat man mir genau da geglaubt. Aber ich versuchte, das Spiel mit diesen Männern wieder ins Gleichgewicht zu bringen, die in mir nur eine Manipulatorin sahen, eine Verrückte, zu allen Schandtaten bereit, um ihr Ziel zu erreichen. Allerdings habe ich es nicht erreicht, denn ich wollte sterben, und ich lebte.

Zum ersten Mal war es mir gelungen, die Leute zum Schweigen zu bringen. Meine Erklärung ließ Félix' Mutter aufatmen, auch wenn ich das nicht beabsichtigt hatte, ich sah es ihren Augen an und hatte sogar das Gefühl, dass sie mir dankte. Mein Anwalt, von meiner Erklärung niedergeschmettert, stützte seinen Kopf in die Hände. Ich sah nur noch seinen Nacken. Meine Mutter wusste, dass ich log. Sie fixierte mich mit dem gleichen Blick, den sie mir zuwarf, wenn ich als kleines Mädchen eine Dummheit gemacht hatte oder beim Lügen ertappt wurde; unweigerlich flüchtete ich mich dann zwischen die Beine meines Vaters, der sagte: «Lass sie, bemüh dich nicht, du siehst ja, dass es nichts hilft.» Lange hatte ich an ein heimliches Einverständnis zwischen ihm und mir geglaubt, denn meine Mutter verzichtete sofort auf jede Autorität, doch der Satz klang unter der barocken Decke des Sitzungssaals anders, auch wenn ich ihn als Einzige hörte. Wäre er gekommen, um mich zu verteidigen, wenn er noch von dieser Welt gewesen wäre? Hätte er sich gegen seinen Helden Pétain stellen können, der die Todesstrafe wieder eingeführt hatte für Frauen, Frauen, die abtreiben, und Frauen, die gegen die Sitten verstoßen?

Der Staatsanwalt, der keineswegs den Boden unter den Füßen verlor, sondern nach der ersten Verblüffung von einer Art Entzücken ergriffen wurde, erhob mit der Geste eines Mönchs seine Ärmel, um sein Plädoyer zu beenden, das meine Erklärung abzukürzen schien; jedenfalls hinderte sie ihn daran, seine obszöne Beweisführung fortzusetzen, mit der er eigentlich noch lange nicht fertig war. «Ich hoffe, die Geschworenen wissen das Geständnis richtig einzuschätzen ... ein spätes Geständnis, das die Angeklagte nicht vor dem unter diesen Umständen angemessenen Urteil bewahren wird. Von meiner Seite fordere ich also ohne das geringste Zögern für die Kriminelle Pauline Dubuisson die Todesstrafe.»

Wehrlos war ich dem Blick dieses Mannes ausgesetzt, der mich hasste. Er erweckte zwar den Anschein, mich gut zu kennen, aber er erweckte überhaupt nicht den Anschein, mich zu verdammen. Alle konnten sehen, dass er mich im Geist bereits getötet hatte. Es kommt im Leben eines Mannes nicht oft vor, dass er öffentlich den Tod einer Frau fordert. Ich konnte nicht umhin, mir die Momente vorzustellen, in denen dieser Mann seinen Plan gefasst hatte, in der Zurückgezogenheit seines Büros, in seiner Wohnung im 7. Arrondissement, im Bett, wo seine untadelige und wohlerzogene Frau schlief, oder bei einem Abendessen in der Stadt. Die Staatsanwälte legen ihre Obsessionen nicht wie ihre Robe ab, die sie in ihrem Büro über die Lehne des Empirestuhls werfen, bevor sie nach Hause gehen. Sie fahren fort, überall das Böse zu suchen und es mit dröhnenden Sätzen anzuprangern. Sie sind vom Gesetz gedeckte Mörder, die zu Helden werden, sie benutzen das Böse, um im Namen der Gerechtigkeit Rache zu üben.

In diesem Augenblick war das unwichtig, die Justiz versprach zu tun, was ich selbst nicht zustande gebracht hatte, mich zu töten.

Im Grunde weiß ich nicht, was dir an diesem Film gefallen hat. Sicherlich die Bardot. Aber sie hat keine Trauer durchgemacht und auch nicht die Verheerungen und Missverständnisse, die der Verlust eines Kindes in einer Familie auslöst. Das ist nicht unwichtig im Leben eines jungen Mädchens.

Ich liebte meine Brüder über alles. Der ältere ist wenige Tage nach der Kriegserklärung umgekommen. Sein Flugzeug ist kurz vor der Landung in der Luft explodiert. Es war die erste Katastrophe, die unsere Familie in diesem Krieg treffen sollte und die auf entsetzliche Weise die Sorgen meiner Mutter bestätigte. Ich war noch keine dreizehn. Ich weigerte mich, einen Trauerschleier zu tragen; mich schwarz zu kleiden schien mir völlig ausreichend. Ich wollte wie mein Vater sein, der sein Gesicht nicht mit einem lächerlichen Schleier bedeckte und seinen Kummer nur hinter seiner Würde als Mann und ehemaliger Soldat verbarg. Meine Mutter ging in ihren Trauerkleidern, die sie danach nie mehr abgelegt hat, als die große Leidtragende zur Kirche und dann an der Spitze des Leichenzugs zum Friedhof, bis zu den Füßen von dem dichten schwarzen Schleier bedeckt, der an ihren Hut genäht war und nicht nur ihr Gesicht, sondern ihren ganzen Körper einhüllte. Während des Begräbnisses war mir unbehaglich: Alle Blicke hatten sich von meiner Mutter ab- und mir zugewandt. Ich konnte mir das nicht erklären. Das waren nicht wenige Augenpaare. Die Leute drängten sich; meine Familie war in Dunkerque bekannt. Der Leichenzug nahm kein Ende. Der Gottesdienst nahm kein Ende. Die

Beileidsbezeugungen nahmen kein Ende. Und ich fragte mich, welcher Tortur meine Mutter mich da aussetzte, denn sie hatte dieses Begräbnis organisiert, hatte an alles gedacht, mit derselben unerbittlichen Genauigkeit, mit der sie als Hausherrin einen geschäftlichen Empfang für meinen Vater oder ein Familienfest ausrichtete. Knitterfalten waren ihr immer ein Gräuel.

Die Trauerfeier zog sich endlos hin, als hätte meine Mutter absichtlich dafür gesorgt, dass es so lange dauert, um mich zu bestrafen, weil ich mich geweigert hatte, einen Trauerschleier zu tragen. Wieder zu Hause, war ich wütend, ohne recht zu wissen, warum. Meine Mutter, scheinbar ruhiger, machte auf mich den Eindruck, als wäre sie es gewohnt, ein Kind zu begraben, dabei hatte sie – heute weiß ich das – lediglich das Gefühl, ihre letzte Pflicht gegenüber diesem Erstgeborenen erfüllt zu haben, den sie zurück in Gottes Hände gab. Als sie ihren Schleier hob, war sie vernichtet. Der undurchsichtige schwarze Stoff war für sie nur die diskreteste Art, ihren Mutterschmerz für sich zu behalten, ihn nicht den anderen zum Fraß vorzuwerfen, zu vermeiden, dass man ihn ihr wegnahm. Das schwarze Tuch war viel mehr als ein Schleier, er war ein Stück Trauer, das sie trug, um sich zu schützen. Meine Mutter wusste diese Dinge über die menschliche Natur schon lange, schon immer.

Es war mir nicht gelungen, Haltung zu bewahren wie mein Vater; er hat keine Träne vergossen, nur seine Hand strich manchmal über seine Trauerbinde am Arm, als wollte er sie weiter hinaufschieben. Gegen meinen Willen

82

gab ich meinen Kinderschmerz, meine Tränen und meinen Zorn der Gefräßigkeit der anderen preis.

So war es auch zehn Jahre später mit den Journalisten und denen, die sie lesen, denen, die sich vom Unglück oder dem Ruhm anderer nähren. Nie hätte ich mir vorstellen können, ohne jede Hemmung dem Publikum vorgesetzt zu werden, obgleich ich zugeben muss, dass ich in der Vergangenheit fähig gewesen bin, mich ohne jede Hemmung Männern hinzugeben. Aber das war meine Entscheidung, wenn mir die Gründe dafür auch nicht ganz klar waren. Ich kann sie mir noch heute nur schwer erklären. Vielleicht werde ich, indem ich all das in dieses Heft schreibe, der sexuellen Raserei, der ich in sehr jungen Jahren verfallen war, und ihrem Schrecken doch noch einen Sinn geben können.

Manchmal hätte ich den Gerichtssaal gern mit einem Trauerschleier betreten, um mich dem Zugriff der Fotoapparate zu entziehen und unter dem dunklen, undurchsichtigen Tuch ein Buch zu lesen. Bei einem richtigen Prozess sollte kein Publikum zugelassen sein. Ich verstehe immer noch nicht dieses Realitätstheater, bei dem der Angeklagte sich vor anderen ein Verbrechen ins Gedächtnis rufen soll, an das er sich vielleicht nur schwer erinnern kann – so viel Zeit ist vergangen zwischen der Verhaftung und dem Prozess, und die entrückte Zeit im Gefängnis hat die paar Sekunden, in denen das Verbrechen sich ereignet hat, nicht nur verblassen lassen, sondern schließlich völlig ausgelöscht. Das erklärt den abgestumpften

Ausdruck mancher Angeklagten, wenn sie die Box betreten. Ich hatte einen Antrag auf Ausschluss der Öffentlichkeit gestellt, aber dafür musste man minderjährig sein; zum Zeitpunkt des Verbrechens war ich noch nicht einundzwanzig, aber als der Prozess eröffnet wurde, war ich vierundzwanzig. Man hat also die Meute der sensationsgierigen Hunde auf mich losgelassen.

Drei Wochen entsetzlicher Qualen unter den Blicken meiner Mutter, die im Zeugenstand endlich meine seltsame Beziehung zu meinem Vater beschreiben und gleichzeitig erklären konnte, warum sie innerhalb der Familie von mir, und nur von mir, ausgegrenzt wurde, obwohl ich damals geglaubt hatte, mich mit meinem Vater zu verbünden. Heute weiß ich, dass er nie die Absicht hatte, die Frau seines Lebens auszugrenzen, und schon gar nicht mir zuliebe. Bis zu jenem Tag vor Gericht war mir nicht klar, wie sehr ich meine Mutter darauf reduziert hatte, mir zu Diensten zu sein, wie jeder in der Familie. Für meinen Vater war die Ergebenheit seiner Frau eine Form der Zurückhaltung, ja der Eleganz, die sich in all den Wunderwerken, die eine Frau täglich in ihrem Haus vollbringen kann, zeigt. Das Haus war das Reich meiner Mutter, nein seiner Frau. Das ist ein gewaltiger Unterschied. Er besaß nichts anderes als seine Arbeit und die morgendliche Jagd. Drinnen wirkte meine Mutter, draußen mein Vater. Im Grunde hatte sich nichts geändert seit vorgeschichtlichen Zeiten, und mein Vater hatte dieses System, das die Menschheit, wie er oft sagte, seit ihren Ursprüngen am Laufen hielt, zu seinem Credo gemacht. Es war ein Gleichgewicht. Meine Mutter war da, um unsere Wäsche zu waschen, unsere Schränke tadellos in Ordnung zu halten, unsere Betten zu machen und vor allem um unsere Mahlzeiten zuzubereiten, denn Kochen war ihre Leidenschaft. Mein Vater sah in dieser Art zu leben Poesie, durch die der Alltag eindrucksvoller werden konnte als durch irgendwelchen romantischen Firlefanz, der ihn immer ärgerte und von dem seiner Ansicht nach zu viel Gebrauch gemacht wurde, besonders im Film.

Ich muss gestehen, dass ich in meiner ganzen Kindheit und Jugend nicht daran zweifelte, dass meine Mutter mit ihrer dienenden Rolle zufrieden war, auch wenn sich damals, zur Zeit des Kriegsbeginns, mein Blick auf sie zu verändern begann. Ich war zwölf, und sie schien mir mit hellseherischen Fähigkeiten begabt zu sein, denn sie hatte uns immer solche Angst gemacht vor dem deutschen Ungeheuer, das gewiss bald zurückkehren würde. Sie hat recht behalten. Das deutsche Ungeheuer besetzte uns, aber ohne böse zu werden und mit größter Höflichkeit. Sie misstraute der Höflichkeit, die sie verdächtig fand und als die schlimmste aller Fallen betrachtete, besonders für junge Mädchen, ganz zu schweigen vom Reiz der Uniform, um den sie wusste.

Groß zu werden, die Kindheit hinter mir zu lassen, in der ich mich eingeengt fühlte, Schluss zu machen mit den morgendlichen Jagdausflügen und vor allem eine Frau zu werden, das war mein Ziel, seit ich verstanden hatte, dass die Kindheit kein Schicksal ist und wir ihr eines Tages alle entrinnen. Ich betete, dass dieser Tag so schnell wie möglich kommen möge. Die Bücher halfen mir, das lange Warten auszuhalten. Ich wusste nicht genau, was es bedeutete, «eine Frau zu sein»; ich identifizierte mich zwar mit Filmschauspielerinnen wie Michèle Morgan oder Marlene Dietrich, träumte davon, dass Männer sich mir zu Füßen warfen, aber ich wusste nicht so recht, was ich dann mit ihnen anstellen sollte, wenn sie vor mir knieten und flehten. Schließlich appellierte ich, um nicht Unsinn zu träumen, an die hellseherischen Fähigkeiten meiner Mutter und fragte sie, was mir die Zukunft bringen werde. Sie spielte die Wahrsagerin und blickte mir lange in die Augen: «Ich sehe ein großes Schicksal, du wirst sehr wichtige Dinge tun ... wenn du tüchtig isst und vor allem wenn die Schweinchen dich nicht fressen.» Sie konnte nicht anders, sie kam immer auf ihre beiden Obsessionen zurück, essen oder gefressen werden.

Außer in die Küche ging meine Mutter noch in die Kirche, aber sie forderte uns höchstens ausnahmsweise auf, sie zu begleiten; ich glaube, sie freute sich, allein hinzugehen, und war genauso aufgeregt wie eine Frau, die sich auf ein Schäferstündchen vorbereitet. Jedes Mal, wenn sie aus dem Gottesdienst kam, war sie verwandelt, war sie noch schöner. Aber es hielt nicht an. Sie verwelkte rasch wieder, wurde erst hübsch und dann ausdruckslos, bis zum nächsten Gottesdienst. Sie war wie diese Blumen vom Straßenrand, die in der Vase nicht lange überleben, wenn man nicht jeden Tag das Wasser wechselt. Meine Mutter brauchte regelmäßig Religion, um sich zu stärken. Jedes Mal, wenn sie gesättigt von den Gesprächen mit Jesus zurückkam, zog sie ihre Schürze an und bereitete uns das beste Essen zu, das man sich vorstellen kann. Als wäre es das letzte. Meine Mutter hatte einen Sinn für die Eucharistie.

Mein Vater sah sehr gut aus. Sein Foto in dem von zwei Weizengarben gekrönten Metallrahmen, der zwischen zwei kunstvoll verzierten Geschosshülsen aus Messing auf dem Kaminsims stand, bewies es; der tadellos gebürstete Schnurrbart, die eng taillierte Jacke der Offiziersuniform, das Käppi und ein Paar weißer Handschuhe, die er in der Hand hielt, zeugten von seiner Jugend und seiner Stattlichkeit, von der er nichts verloren hatte, im Gegenteil, das Alter bekräftigte sie sogar noch. Je größer ich wurde, desto mehr fragte ich mich, wie ein so schöner Mann, ein ehemaliger Offizier, eine so einfache, wenn auch nicht uninteressante Frau hatte heiraten können. Ich hatte noch nicht verstanden, wie wichtig diese Unterschiede sind, um das Gleichgewicht eines Paares aufrechtzuerhalten, dessen einziges Projekt das der Beständigkeit ist; und sogar länger zu bestehen als die Liebe und viel länger als das Begehren. Der Raum zwischen meinem Vater und meiner Mutter war so weit, dass ich ihn für leer hielt; ihre Verbindung schien mir so locker (sie schliefen seit meiner Geburt getrennt), dass ich glaubte, alle Freiheit zu haben, diesen Raum zu besetzen. Und ich tat alles, um ihn zu besetzen, ohne mir der Ordnung bewusst zu sein, die ich störte.

Ich hatte nur Augen für meinen Vater, für die Schönheit meines Vaters, für die Stärke meines Vaters, für seine aufrechte, fast steife Haltung. Seine imposante Gestalt verfolgt mich mehr als mein Verbrechen, nicht nur weil er sich umgebracht hat. Ich bin ohnmächtig geworden, als ich in der Untersuchungshaft von seinem Tod erfuhr.

Als ich wieder zu mir kam, beugte sich eine Nonne über mein Gesicht und sagte mir im Schatten ihrer Flügelhaube mit ungerührter Stimme: «Meine Tochter, das ist die Sühne, die beginnt.» Sie hatte recht. Der Tod meines Vaters konnte sogar eine Zeit lang meinen Schmerz darüber lindern, dass ich Félix getötet hatte, als wäre Félix' Tod nur die Waffe gewesen, die mir dazu gedient hatte, meinen Vater zu töten. Einen Augenblick habe ich es Félix sogar übel genommen. Und während meines ganzen Prozesses hatte ich das Gefühl, nicht für das richtige Verbrechen verurteilt zu werden. Heute denke ich nicht mehr so, und es fällt mir schwer, mich in diesem ganzen Durcheinander von verborgenen Wahrheiten, tiefen Wünschen und Missverständnissen zurechtzufinden.

Wenn wir von nahen Angehörigen sprechen, die verstorben sind, sagen wir oft, ein Stück von uns selbst sei fortgegangen, ohne dass wir so recht wissen, welchen Teil von uns der Tote mit ins Grab genommen hat. Ich beginne, es zu verstehen. Ich glaube nicht, dass er Selbstmord verübt hat, weil ich Schande über unsere Familie gebracht habe; obwohl er das an Félix' Eltern geschrieben hat, bevor er den Gashahn öffnete. Er hatte einfach nicht die Absicht, mich zu retten und sich der Wahrheit zu stellen. Möglicherweise wollte er mir auch wieder einmal den Weg zeigen, als würde er sagen: «Schau, so muss man es machen, wenn man wirklich sterben will.» Noch am Abend dieser schrecklichen Nachricht beschloss ich, meinem Leben ein Ende zu setzen und mir die Pulsadern aufzuschneiden, aber eine andere Nonne eilte zu Hilfe;

ich wusste nicht, dass ich Tag und Nacht überwacht wurde.

Meine Liebe zu ihm war grenzenlos, aber ich möchte keine Unklarheit aufkommen lassen. Auch du musst dich wie meine Mutter fragen, was mich so nachhaltig an meinen Vater band. Er hat sich mir gegenüber nie auch nur im Mindesten zweideutig verhalten; im Übrigen hat er sich mir gegenüber gar nicht verhalten. Ich weiß noch nicht, woraus diese starke Bindung bestand, aber sie musste außerordentlich oder furchtbar sein, um mich in diesem Zustand emotionaler Hörigkeit zu halten. Vielleicht weiß es meine Mutter, aber wir sprechen nie von meinem Vater.

Erst seit Kurzem mache ich mir Gedanken über diese Bindung, die mir immer zweifelhafter vorkommt. Im Gefängnis hat mich nur meine Mutter beschäftigt, die mich als Einzige nie verurteilt hat. Dort, hinter den Mauern, ist mir dank einer anderen Gefangenen, die ihre Kinder getötet hatte, klar geworden, was eine Mutter ausmacht – nicht wegen des Kindermords, sondern wegen ihrer offensichtlichen Mutterliebe. Sie hieß Yvette. Eines Abends hatte sie ihre Kinder in die Badewanne gesetzt und eines nach dem anderen ertränkt. Laut den Gerichtsmedizinern hat sich keines der Kinder gewehrt. Sie war außerstande, ihr Handeln zu erklären, sie hatte keinerlei Erinnerung daran und fühlte nur ein gähnendes Loch in sich, ein schwarzes Loch in ihrem Bauch, das sie ganz und gar aufsaugte, sie verschlang. Sie bekam «lebenslänglich».

Die Richter verurteilen eine Kindsmörderin nicht

zum Tod. Sie tun etwas Schlimmeres. Sie liefern sie den Mithäftlingen aus; wir werden die kleinen Hände Gottes. Bei Yvette war es anders. Sie brach nicht vor Kummer zusammen. Das Fehlen ihrer Kinder und ihr Wahnsinn erfüllten den ganzen Raum um sie herum mit einer verzweifelten Liebe, und sie steckte uns an. Es war unerträglich, sich dieser Frau gegenüber so ohnmächtig zu fühlen, die widerstandslos im Schweigen versank, ihre Zeit damit zubrachte, mit den Fingern ihren Mund zu kneten, ihre Lippen zu verschließen und aufeinanderzudrücken.

Da habe ich Véronique kennengelernt. Als sie sah, wie ich darauf beharrte, mit Yvette zu reden, nahm sie mich beiseite: «Die Frau ist tot, verstehst du, also lass sie in Frieden ruhen.» Ich empörte mich gegen diesen Gedanken, doch sie fuhr fort: «Sie ist tot, weil sie nicht mehr sprechen kann. Die Muttersprache ist ihr verwehrt, hörst du mich, die Muttersprache, wenn man seine Kinder getötet hat? Sprechen hieße leben, und sie will mit ihren Kindern gestorben sein. Kannst du das verstehen, Fräulein Doktor?» Tatsache ist, dass Yvette nie wieder ein Wort gesprochen hat. Eines Tages hat sie sich von der Passerelle gestürzt ohne einen Schrei, ihr Körper schlug nicht lauter auf als ein Zementsack, der aus dem dritten Stock geworfen wird.

Diese Dinge mögen unerträglich erscheinen, aber das Gefängnis zeigt einem das Leben, wie die gewöhnliche Welt es einem niemals zeigen wird. Bevor ich ins Gefängnis kam, hätte ich eine Frau wie Yvette unwiderruflich verurteilt, hier aber, konfrontiert mit dieser unsichtbaren Realität hinter den hohen Mauern, beinahe mit der Schönheit des Unglücks, empfand ich nur Mitleid und Kummer. Nichts von all dem, was wir im Gefängnis lernen, nützt uns, es öffnet uns die Augen für den Wahnsinn der Menschheit, ohne die Möglichkeit, diese Erfahrung mit der übrigen Welt zu teilen, denn aus der gewöhnlichen Welt sind wir ausgeschlossen.

Warum will ich dir in diesem Labyrinth der Erinnerungen unbedingt schreiben? Ich merke ja, dass ich meine Geschichte nicht stringent erzählen kann. Wie jemand, der das Augenlicht verloren hat und den die Angst immer wieder zum selben Ort führt, kehre ich immer wieder zu meinem Verbrechen und dem Gefängnis zurück.

«Ich schreibe Ihnen im Dunkeln.» Das sind die ersten
Worte des Briefs, der am Ende des Films vom Gerichtsvor-
sitzenden verlesen wird. Es sind meine Worte. Diesen Brief
habe ich geschrieben. Aber am Tag vor der Eröffnung meines Prozesses, als ich zum dritten Mal versucht habe, mir
das Leben zu nehmen. Alle sagten, ich sei abermals «gerettet» worden, während ich dachte, ich sei abermals am
Sterben «gehindert» worden.

Am ersten Verhandlungstag war ich nicht anwesend,
und der Vorsitzende hat meinen Brief vorgelesen; wahrscheinlich hoffte er, darin das Geständnis zu finden, dass
ich vorsätzlich gehandelt hatte. Ich schreibe Ihnen im
Dunkeln. In der Finsternis, in die mein Verbrechen mich
gestürzt hatte, natürlich, aber auch in der Dunkelheit
voller Ungeheuer und Gespenster, vor der man als Kind
Angst hat. Es war der Brief eines Kindes, das um Verzeihung bittet für seine Dummheiten und für das Leid, das
es zugefügt hat, ohne es zu wollen. Ich frage mich, ob
man anders schreiben kann als im Dunkeln, in diesem
Nebel, in dem das Verborgene durch den Prozess des
Schreibens allmählich zum Vorschein kommt, so wie das
Auge sich schließlich an die Dunkelheit gewöhnt und die
Konturen der Hindernisse erkennt, über die wir stolpern
könnten.

Drei Selbstmordversuche in vier Jahren! Ich habe nie
verstanden, warum ich davongekommen bin und warum
mich jedes Mal jemand gerettet hat und stets jemand, der
nichts mit mir zu tun hatte. Für meine Richter hat das
nichts geändert. Einerseits ließ man mich am Leben, und

andererseits beschimpfte man mich, weil ich am Leben geblieben war.

Seltsamerweise wollte ich im Gefängnis, obwohl alle Hoffnung verloren war, nicht mehr sterben. Vielleicht weil mein Leben in dieser Häftlingswelt in ständiger Gefahr war, einer Gefahr, die meine Selbstmordgedanken gänzlich verdrängte, sobald ich den brutalen Frauen und noch brutaleren Aufseherinnen – in der Mehrzahl Nonnen – ausgeliefert war.

Lebenslängliche Haft ist schlimmer als der Tod, selbst wenn man sich schließlich darein fügt, vor allem im Bewusstsein des begangenen Unrechts. Ich höre die Stimmen draußen, die sich gegen die Todesstrafe erheben (ich täte dasselbe, wenn ich an ihrer Stelle wäre), aber keine wird sich je gegen lebenslängliche Haft erheben, denn das ist wirklich eine Strafe, der Tod aber nicht. Was wäre dann die Strafe, zu der die Opfer verurteilt worden sind? Aber mit vierundzwanzig ist die Aussicht, dreißig, vierzig Jahre, vielleicht mehr hinter Gittern zu verbringen, einfach unerträglich, ja unvorstellbar.

Als das Urteil gesprochen war, hatte ich das Gefühl, von einer mächtigen Hand geknebelt zu werden, die sich dann immer mal zurückzog, damit ich nur nicht zu schnell starb. Wie kann man vierzig Jahre durchhalten, ununterbrochen misshandelt, alles entbehrend? Ein Kampf, der meinen ganzen Körper beanspruchte, der mir die Knochen brach. Nur die Bücher erlaubten mir, normal zu atmen, und ich stürzte mich in die Lektüre, um

94

dieser Dunkelheit zu entrinnen, die mir Herz und Seele abschnürte.

Nichts hatte mich auf dieses Leben einer Lebenslänglichen vorbereitet. Nichts hätte mich ins Gefängnis führen müssen, trotz all dessen, was behauptet wurde, nicht die morgendlichen Jagden mit meinem Vater, noch weniger meine Leidenschaft für die Medizin und auch nicht mein Verbrechen, denn ich war nicht gekommen, um zu töten. Ich habe manche Mädchen kennengelernt, die durch viele mehr oder weniger lange und relativ regelmäßige Aufenthalte so ans Gefängnis gewöhnt waren, dass sie es als zweites Zuhause oder fast als Ferienort betrachteten, besonders im Winter; für andere ist es gar das einzige Haus, das sie je bewohnt haben. Ich hatte ein Haus. Das Haus meines Vaters und meiner Mutter. Das Leben dort war ruhig und geordnet, manchmal zu ruhig und zu geordnet für ein Mädchen wie mich, das wie alle Mädchen, die viel lesen, davon träumte, Abenteuer zu erleben. Ich kenne keine Bücher, die einem raten zu bleiben, wo man ist, und nichts vom Leben zu erhoffen oder zu erwarten; die das in Romanen tun, sind immer abschreckende Figuren, alte Tanten, wie man sie in der englischen Literatur findet, oder Dienerinnen der großen Heldinnen in der Tragödie.

Zum Glück bekam ich die Chance, mich um die Gefängnisbücherei zu kümmern, wodurch ich jeden Tag und ständig lesen konnte, und jeden Abend ging ich mit einem Buch zurück in meine Zelle, über dem ich ein-

95

schlief. Als ich jünger war, rief mich alles, was ich las, in die Welt hinaus, alles, was ich las, war wenn nicht eine Verheißung, so doch zumindest ein Weg, mir zu zeigen, was man nicht werden sollte. Ich wollte weder eine Eugénie Grandet noch eine Ursule Mirouët werden und auch keine Bovary. Ich habe George Sand verschlungen, vor allem ihre Autobiografie, *Geschichte meines Lebens*, und sie ist ein Vorbild geworden, die einzige Frau, der ich gern geglichen hätte.

Trotz all der Verheißungen, die ich in der Lektüre fand und die mich hinaustrieben, hat mich keine davon abgebracht, das Familienleben zu schätzen. Im Gegenteil, je geborgener ich mich fühlte, desto ungehinderter wuchs in mir die Abenteuerlust. Ich wusste genau, dass ich im Haus meiner Eltern stets diese Lebensfreude wiederfinden würde, die nichts anderes verlangt, als sich zur festen Zeit an den Tisch zu setzen, ein von der Mutter gekochtes Essen vorgesetzt zu bekommen, sich über die Streitereien der Brüder zu ärgern, selig die großen Reden des Vaters über die Zukunft zu hören und schließlich ins Kinderzimmer hinaufzugehen mit seinem kleinen Bett, das ich gegen kein anderes, auch kein weicheres und größeres, eingetauscht hätte. Das Bett in meiner Zelle war genauso unbequem wie das Bett in meinem Kinderzimmer, genauso schmal, und manchmal, wenn ich die Augen schloss, konnte ich mich in mein Kinderzimmer zurückversetzen, und meine Gefühle und meine Spielsachen waren wieder da. Ich versuchte, mit geschlossenen Augen dieses Vergnügen möglichst lange währen zu lassen, bis eine Aufseherin mit Flügelhaube an meine Zellentür schlug. «Dubuisson, aufstehen!! An die Arbeit! Wir sind nicht zum Schlafen da.» Ich schlief nicht, ich träumte. Die Träume waren alles, was mir geblieben war.

Der Gedanke an Flucht, in welcher Form auch immer, ist im Gefängnis lebenswichtig. Dank dieser Bibliothek, die man mir anvertraut hatte, flüchtete ich mich in die Bücher. Das ist nicht wenig. Die Sprache, die mich doch verurteilt hatte, spornte mich jeden Tag an. Nach einem Jahr Haft habe ich gemerkt, dass die Sprache dort mit beeindruckender Geschwindigkeit verkommt, und ohne Bücher geht diese Entwicklung noch schneller. Im ersten Gefängnis, in dem ich drei Jahre auf meinen Prozess gewartet habe, gab es nichts zu lesen, außer halb verschimmelten Büchern über das Leben der katholischen Heiligen; als Protestantin oder zumindest aus einer protestantischen Familie Stammende wusste ich nicht einmal von ihrer Existenz. Wir sollten lernen, dass auch wir vielleicht vom Finger Gottes berührt, von Seinem Licht und Seiner Vergebung geblendet würden, obwohl wir Schwerverbrecher waren wie Saulus der Sklavenhändler, bevor er zum heiligen Paulus, dem Vermittler des Christentums, wurde, oder wie der lasterhafte Franz von Assisi, der so viel gesehen hatte, dass er als Mönch lieber mit den Vögeln redete. Wenn wir nur allem entsagen, was wir sind, und uns ganz und gar Gottes Willen unterwerfen, auch wenn wir Seine Pläne nicht kennen, dann könnten wir, von all unseren Sünden gereinigt, in den Himmel kommen. Ich habe all diese Lebensbeschreibungen verschlungen und dabei ein Gesicht gemacht wie die kleine Bäuerin von Lisieux, als sie den Auswurf der Tuberkulösen schlürfte wie Austern. Aber sie durfte ihn nicht mit Wonne schlucken, wie es seitenweise behauptet wird; das ist falsch. Sie sollte bloß nicht genießen. Die arme Kleine wusste, dass Genusssucht eine unverzeihliche Todsünde war, die einen direkt in die Hölle brachte. Kein Vergnügen, wenn man den Himmel und die Glückseligkeit begehrt, nur Mühsal und Selbstüberwindung.

Ich habe also die mystischen Abenteuer dieser Verrückten mit größter Abscheu gelesen. Ich bin deswegen nicht zur Heiligen geworden. Jedoch habe ich darin auf wunderbare Weise Nahrung gefunden, denn es hat mir geholfen, das schöne Französisch meiner Eltern zu bewahren, das meines Vaters vor allem, der keinen Syntax- und keinen Grammatikfehler machte und reden konnte wie gedruckt.

Ich bin nicht in die Falle des Gefängnisses gegangen, das alle Mädchen verrohen lässt, auch wenn die Derbheit die einzige Sprache ist, die man der rückgratlosen Sprache der frommen Aufseherinnen entgegensetzen kann, die einzige Art auch, die Einförmigkeit der Zeit zu unterbrechen, die unerbittlich weitermachte und meinen Tod nicht zuließ. Bis zu dem Tag, an dem ich mitten unter den Hagiografien *Verbrechen und Strafe* entdeckte. Ich weiß nicht, wer Dostojewskis Roman in dieses Bücherregal gestellt und ihm die Nummer 132 gegeben hatte, sicherlich jemand, der ihn nicht, nur den Titel gelesen hatte. Die Lektüre dieses Giganten hat mich überwältigt. Es ist das einzige Buch, das ich im Gefängnis gestohlen habe und noch heute aufbewahre, hier in Essaouira.

Ich habe dir noch nicht von meinem zweiten Bruder erzählt. Er ist ein Jahr nach meinem ältesten Bruder umgekommen. Er verlor vor der nordafrikanischen Küste an Bord eines Unterseeboots sein Leben. Der erste in der Luft und der zweite im Meer. Diese beiden extremen und spektakulären Tode haben meiner Familie eine mythische Dimension verliehen. Ich war noch nicht vierzehn, und diesmal trug ich bereitwillig einen Trauerschleier. Der Krieg war verloren, und meine Eltern hatten dem Vaterland zwei Söhne geopfert. Das Heldentum hatte seinen Höhepunkt erreicht.

Vielleicht lag es an meinem Vater, denn er hat seinen Söhnen ständig gepredigt, dass die wahren Helden diejenigen seien, die ihr Leben fürs Vaterland hingegeben haben, die auf dem Feld der Ehre gefallen sind; er selbst war nur ein Überlebender, wie er sagte. Ohne es zu wollen, hat er seine Söhne in diesen Abgrund gestürzt, und dann machte er sich doppelt Vorwürfe, weil er noch einmal einen seiner Söhne überlebt hatte, von denen nun zwei im Kampf gefallen waren.

Mir blieb noch der dritte Bruder, weniger draufgängerisch und solider als die beiden älteren, ein außerordentlich liebenswerter und treuer Junge. Von uns vier Kindern war er der Einzige, der keinen Hang zum Abenteuer hatte, sein Vorhaben war schlicht heiraten, eine Frau finden, die er sein Leben lang lieben werde, arbeiten und eine Familie gründen. Ich beneide ihn oft darum, dass ihm gelungen ist, was mir heute, wenn ich es denn erreiche, wie ein Wunder erscheinen wird.

Mein Vater verpflichtete ihn dazu, bei ihm zu arbeiten, nicht nur, weil er der einzige Erbe des Unternehmens wurde, sondern auch, weil er ihn um jeden Preis daran hindern wollte, auch noch im Krieg umzukommen.

Ich spreche nie von ihm, weil ich glaube, er würde das nicht wollen. Nach meiner Verhaftung habe ich ihn nie wieder gesehen, aber ich verdanke ihm meinen Anwalt, den er für mich gefunden hat. Tatsächlich hat er mich diesem integren Mann überantwortet. Es war, als hätte er zu Maître Baudet gesagt: «Ich vertraue sie Ihnen an. Ich kann nichts mehr für sie tun.» Er kannte seine Grenzen. Das ist ein Vorteil im Leben.

Nach dem Tod der beiden Ältesten vergaßen meine Eltern in jenem Jahr meinen Geburtstag. Ich nahm es ihnen nicht übel, mich beunruhigte etwas anderes, viel Schlimmeres: Meine Mutter hatte diesmal den Schmerz, den der Verlust eines Kindes bedeutet, nicht bezähmen können. In Wirklichkeit hatte sie ihren ersten Schmerz unterdrückt, und mit diesem zweiten Todesfall brach er plötzlich umso heftiger hervor, wie eine Quelle, die man versiegt glaubte und die von Neuem sprudelt und zu einer überbordenden und unbeherrschbaren Flut wird. Die Trauer um ihre Söhne verschlang all ihre Kraft. Morgens kam sie immer später aus ihrem Zimmer herunter. Dann gar nicht mehr. Sie versackte und brachte ihre Zeit damit zu, der Leere und dem Fehlen nachzuspüren, in der Stille des Hauses Tag für Tag ihre Söhne zu begraben. Sie war nicht mehr in der Lage, ihren Platz in der Küche einzunehmen, die Mahlzeiten vorzubereiten, die Hausarbeit zu erledigen, zu waschen, zu bügeln, einzukochen, zu flicken und zu nähen. Der Kummer entstellte sie und verzerrte ihre Sicht auf das Leben, so wie die Tränen die Landschaft verzerren können, die einen umgibt.

Ich überraschte meinen Vater mehrmals vor der Tür des Schlafzimmers seiner Frau, das vor meiner Geburt das Zimmer ihrer Liebesnächte gewesen war. Er horchte auf das geringste Geräusch, um sich zu vergewissern, dass sie am Leben war. Mehrmals habe ich gesehen, wie er sich Zutritt verschaffen wollte, wie er zwei- oder dreimal vorsichtig klopfte, und ich hörte meine Mutter antworten: «Mach dir keine Sorgen, André, ich bin ein wenig müde.» Sie forderte ihn nie auf einzutreten, gestattete ihm nicht, ihr in ihrem Unglück beizustehen. Ich begriff immer noch nicht, wie sehr er seine Frau liebte, ich hielt seine Beunruhigung für eine natürliche Folge seines Mitleids. Doch mein Vater hatte nur einen Wunsch: dass seine Frau sich wieder dieser unbedeutenden Dinge des Alltags annehmen möge, die, wie ich schließlich erkannte, in seinem Männerleben etwas Wesentliches darstellten.

Ich war allein, aus ihrer Gemeinschaft ausgeschlossen. Meinen Schmerz behielt ich für mich, wie meine Mutter es mir vorgemacht hatte, verbarg ihn im Schweigen eines wohlerzogenen Mädchens. Und anstatt mich zu erdrücken, verwandelte er sich in eine innere und also vollkommen unsichtbare Wut. Aus der Wildheit des Kindes, das noch ein paar Wochen vorher mit zerzausten Haaren im Garten gespielt und mit den Händen in der

Erde gegraben oder seinen Vater auf die Jagd begleitet hatte, wurde die Wildheit der Wollust. Ich war mir selbst überlassen. Ich wusste nicht, wie ich gegen dieses Unglück, das in kürzester Zeit den Zusammenhalt unserer Familie zerstört hatte, ankämpfen sollte, um in mein vor lauter Trauer erstarrtes Leben wieder Vitalität zu bringen. In diesem Augenblick habe ich die Kindheit endgültig hinter mir gelassen. Ich war mir nicht darüber im Klaren, dass es meine Art war, nun ebenfalls zu sterben, aus der Geschichte dieser Familie auszutreten, die meine Brüder mit ins Grab genommen hatten.

Mein Kinderleben war dahin. Ich hatte meine Periode, ich wurde eine Frau, und ich legte meine hübschen Kleinmädchenkleider, meine Söckchen und Sandalen ab. Innerhalb von ein paar Wochen bekam ich einen Busen. Ich entdeckte, dass meine Beine dafür gemacht waren, Strümpfe und Absätze zu tragen. Ein wenig Wimperntusche, Lippenstift, Nagellack, ein Tropfen Arpège, das mein Vater meiner Mutter zu Weihnachten geschenkt hatte, und die Verwandlung war vollzogen.

Mit dreizehneinhalb konnte ich mich allen Jungen in die Arme werfen, die mich, wie ich glaubte, mit begehrlichen Blicken ansahen. Und ich liebte diese verzehrenden Blicke auf mir. Ich wollte heiße Küsse spüren, gegen die marmorkalten Küsse auf die Stirn der Toten, die meine Lippen betäubt hatten. Ich wollte brennende und kraftvolle Umarmungen spüren gegen dieses unannehmbare Verhängnis, nie mehr meine Brüder lebendig an mich ziehen zu dürfen. Ich wollte die Wärme der Körper spüren

103

gegen die Leichenstarre, die mir das Blut hatte gefrieren lassen.

Sie waren nicht zahlreich, diese jungen Männer, oft Matrosen. Aber diese flüchtigen und heftigen Abschweifungen in öffentlichen Parks oder am Hafen halfen mir, auch wenn ich nicht unbeschadet daraus hervorging, die Traurigkeit unseres Hauses zu ertragen, wenn ich zurückkam. Ohne mich zu besinnen, machte ich mich jeden Tag von Neuem auf die Suche nach dem Wunder, das mich von der erdrückenden Gegenwart, vom Geruch des Todes befreite.

Die Jungen waren nicht verschwiegener als die Mädchen in Bezug auf ihre sexuellen Heldentaten, sie brüsteten sich gern vor ihren Freunden mit ihren kurzen Besuchen in meinem Körper eines Kindes, das sich als Frau verkleidet hatte. Sie kamen rasch zum Höhepunkt, ich aber nie. Ich war noch nicht vierzehn, und diese fehlende Befriedigung, dieses Elend der Sexualität, zwang mich dazu, mich jeden Tag von Neuem damit zu konfrontieren, getrieben von der Suche nach Lust und Abenteuer.

Jedes Mal, wenn ich mich in den Docks einem Matrosen oder in einer dunklen Straßenecke einem Soldaten oder im Park einem Passanten hingab, überkam mich eine abgrundtiefe Traurigkeit. Ich wusste noch nicht, dass der sexuelle Höhepunkt auch *la petite mort*, der kleine Tod, genannt wird. Um meine Partner zu beruhigen, lernte ich instinktiv, einen Orgasmus zu simulieren, ohne zu wissen, was ein Orgasmus ist. Mein erster Liebhaber, in einem Park, nach Einbruch der Dunkelheit, war erstaunt, weil ich keine Reaktion zeigte; anfangs hatte es wehgetan, dann fühlte ich nichts mehr. Ich habe seine Enttäuschung deutlich gespürt. Da ich schnell lernte, brauchte ich nicht lange, um zu verstehen, was ich zu tun hatte. Ich musste stöhnen, das gleiche Röcheln von mir geben wie die Männer, nur höher und länger. Ich variierte die Töne, bis ich die fand, die meinen Partner entzückten, und daran hielt ich mich, ohne je die mindeste Lust zu empfinden.

Für den Unterricht legte ich meine Verkleidung ab und wischte die Schminke weg, um wieder ein anständiges junges Mädchen zu sein. Das verhinderte nicht, dass mein schlechter Ruf auch ins Gymnasium vordrang, sich zunächst unter den Schülern verbreitete, dann unter den Lehrern. Trotz meiner zwei Jahre Vorsprung und meiner ausgezeichneten Noten wurde ich von der Schule verwiesen. Hätte ich zu den schlechten Schülerinnen gehört, hätte sich bestimmt alles einrenken lassen, man hätte mit dem Finger auf mich gezeigt, mich als verdorben angeprangert und mich letztlich doch behalten, und sei es nur als abschreckendes Beispiel. Aber als gute Schülerin hätte ich ja meine Schulkameradinnen dazu anstiften können, meinem liederlichen Beispiel zu folgen. Die Gefahr bestand allerdings nicht; die armen Mädchen glichen bereits ihren Müttern und empfanden Lust nur beim Lästern.

«Sie kann nicht aus ihrer Haut, sie hat das in sich.» Ich habe das oft gehört, sogar von einer ehemaligen Klassenkameradin, die bei meinem Prozess als Leumundszeugin auftrat. «Ja, sie ist eine Mörderin, sie kann nicht aus ihrer Haut, da bin ich sicher, Herr Vorsitzender. Sie hat das im ... in ... sie hat das in sich, ja.»

Ich musste lächeln, als ich diese Idiotin so herumstottern hörte. Im ... in ... Sie wollte sagen: «Sie hat das im Blut», aber sie traute sich nicht, sie merkte, während sie den Satz formulierte, dass «Blut» bedeutet hätte, dass ich einer Familie von Kriminellen entstammte. Der Gedanke, meine Familie zu schonen, die sie gut kannte, vor allem meine Mutter, lag ihr fern, aber eine solche erbliche Belastung hätte mir die Verantwortung abgenommen, und sie wollte, dass ich allein die Schuld an meinem Verbrechen trug. Sie hat also im letzten Augenblick das Blut vermieden. Es war faszinierend zu sehen, wie sie unter ihrem federgeschmückten Hut (schon damals trug niemand mehr Federn am Hut) mit ihrem affektiert verzerrten Mund in einem Sekundenbruchteil ihren Satz zurechtrückte.

Das arme Mädchen sprach von meiner Mordlust, wie man von Pickeln oder Warzen spricht, und alle glaubten ihr. Sie dachte, die Haut sei nichts anderes als ein Sack, der die ganze menschliche Fäulnis enthält. Sie wusste nicht, was die Haut alles unter sich verbirgt, was ohne ihren Schutz nur für die Fleischbänke der Metzger oder die Kloaken der Schlachthöfe taugt. Wer nicht Medizin studiert hat, versteht nicht die monströse Schönheit des menschlichen Körpers. Er sieht nur den äußeren Schein. Er weiß nicht, welche Wunder die Haut vollbringen kann, und sei es nur, um uns spüren oder glauben zu lassen, dass ein Teil des Himmels in unseren Adern fließt. Ohne Haut wären wir mit der eigenen abstoßenden Wahrheit konfrontiert. Wir könnten uns nicht anschauen, wir wären nackt und wund der schneidenden Luft ausgesetzt. Sie wusste nicht, dass die Haut das Unsichtbare erschafft.

Ich musste weinen an jenem Tag. Über die Beleidigung. Über die Lüge. Es war eine Schulmädchenrache, die meine Richter da ernst nahmen. All das wegen der Männer und meiner Vorliebe für ihr hartes Glied, ihre harten Muskeln, ihren harten Mund, ihre harten Bartstoppeln, hart wie alle Gegenstände.

Nach dem Tod meines zweiten Bruders fand mein Vater, seine Familie habe Frankreich nun reichlich Tribut gezollt. Der ehemalige Frontkämpfer kannte die Grenzen der Opferbereitschaft. Im Zeichen der nationalen Versöhnung mit den Deutschen, wie sein Held Pétain sie sich wünschte, begann er, engere Beziehungen zu den Besatzern zu unterhalten. Er arbeitete für sie an Bauvorhaben, in der Hoffnung, auf diese Weise den Lebensunterhalt für seine Familie bestreiten zu können. Seit Kriegsbeginn standen die Baustellen der öffentlichen Hand still.

In derselben Zeit und wider Erwarten unterblieb eine Reaktion meiner Mutter auf meinen Schulverweis, kein Vorwurf, kein Wort, beinahe Gleichgültigkeit. Mein Ruf als «Soldatenflittchen», «Schlampe», «kleines Luder, über das schon alle gerutscht sind», schien meinen Vater noch heftiger getroffen zu haben als der Tod seiner beiden Söhne. Seine Enttäuschung war sichtbar. Mehrere Tage lang hat er nicht mit mir gesprochen, bevor er seinem letzten überlebenden Sohn die Schlüssel seines Unternehmens übergab.

Meine Mutter trat so gut wie nicht mehr in Erscheinung. Wenn sie selten einmal aus ihrem Schlafzimmer herunterkam, dann weil sie nicht schlafen konnte und wieder anfing zu kochen, um sich die Zeit zu vertreiben. «Nur Gerichte, die lange vorhalten», sagte sie. «Ihr müsst doch essen!» Sie hatte ihr Leben damit zugebracht, aus dieser Küche, die auf den Garten hinausging, das Herz ihres Heims und ihres Daseins zu machen. Sie hatte bei

108

jeder Mahlzeit versucht, unsere Mägen zu füllen und Befriedigung darin zu finden, dass uns schmeckte, was sie gekocht hatte. Und jetzt musste sie sich mit Eintöpfen aus Schweine- oder Hammellunge und Steckrüben begnügen, mit Ragouts aus altem Huhn und Steckrüben oder manchmal mit einem der ebenfalls mit Steckrübenabfällen gefütterten Kaninchen, die wir in Ställen hielten und deren Fleisch völlig geschmacklos war. Wegen dieses Essens hasste sie den Krieg noch mehr. Allein die Befürchtung, wir könnten verhungern, nötigte sie zeitweise, aus ihrer Trauer aufzutauchen. Der Albtraum von Lille verdrängte den Albtraum ihrer toten Söhne und brachte sie uns zurück, bevor die Trauer sie uns wieder nahm. Ihr einziger Trost war, dass ihre Söhne nicht solch schlechtes Zeug hatten essen müssen.

«Du musst deine Mutter verstehen», sagte mein Vater einmal ganz gerührt zu mir, «diese Frau kann auf alles verzichten, auf Kleider, auf Schuhe, auf eine Heizung, aber nicht auf das Essen für ihre Kinder und ihren Mann, für dich und für mich.» Das stimmt, sie hat nie an sich gedacht. Sie war in allem maßvoll, selbst in dem, was sie sich auf den Teller schöpfte. Als Kindern sollte es meinen Brüdern und mir an nichts fehlen. Das war für sie der Genuss. Mein Vater sagte in ihrer Anwesenheit oft zu uns: «Ich habe nicht nur eine Frau im Haus, ich habe einen Pelikan geheiratet.» Er sagte diesen sonderbaren Satz, zu dem sie lächelte und manchmal sogar mit den Schultern zuckte, um zu erwidern: «Du spinnst, ich bin nicht wie dieser herrliche große Vogel.» Meine Brüder und ich verstanden nicht, was das bedeutete. Wir dachten, es sei eine Art Geheimcode zwischen ihnen.

Erst als ich Musset mit meinem Vater las, entdeckte ich in dem Gedicht «Mainacht» die Passage über den Pelikan, der, nachdem er den leeren Ozean nach Nahrung abgesucht hat, ans Ufer zurückkehrt, sich mit dem Schnabel die Brust aufreißt und den Kleinen sein Herz zum Fressen darbietet, damit sie nicht Hungers sterben. Dank dieses Gedichts wahrscheinlich hat mein Blick auf meine Mutter begonnen sich zu verändern, auch wenn der Pelikan, wie ich bemerkt hatte, ein Vater ist. Ich erinnere mich noch an einige Verse, die ich mir oft vorgesagt habe, wenn der Mangel zu stark war und ich in der Nacht des Gefängnisses unterging.

So bleibt ihm nur noch, sein Herz darzubringen.
Düster und dumpf, ausgestreckt auf den Steinen,
Bietet er sich selbst als Nahrung seinen Kleinen.
Erhabene Liebe ist's, die seinen Schmerz aufhebt;
Er sieht, wie sein Blut hervorbricht in starkem Strahl,
Er schwankt und bricht zusammen über dem Todes-
mahl,
Trunken vor Lust, die in solchem Leiden bebt.

Von den vier Kindern, die meine Mutter zur Welt gebracht hatte, blieben ihr nur zwei. Die unbewältigte Trauer um ihre beiden Ältesten hat sie wohl gelehrt, sich mit fast nichts mehr zufriedenzugeben. Heute weiß ich, dass sie in der langen Zeit, die sie in ihrem Zimmer verbrachte, ihre toten Kinder mit ihrem Mutterschmerz nährte, für sie das einzige Mittel, sie in einem Jenseits, zu dem nur sie allein Zugang hatte, am Leben zu erhalten. *Unter den Füßen der Mütter liegt das Paradies.* Rachida, meine marokkanische Nachbarin, sagte mir das einmal, als wir über Mutterschaft sprachen. Dieser Satz des Propheten ist von erschreckender Wahrheit. Die Mütter sind zu unvorstellbaren Dingen fähig, zu Dingen, die die Grenzen der Menschenwelt überschreiten. Die Religion half meiner Mutter zweifellos, ihr eigenes Leben in eine Messe für ihre toten Kinder zu verwandeln. Und mein Vater war von dem unbändigen Wunsch besessen, sie wieder in ihr Leben zurückzuholen. Wir wussten beide, dass es nicht geschehen würde und dass die Ernährerin ohne Nahrung sich von ihren Geistern aufzehren lassen würde. Sie wog fast nichts mehr.

«Von heute an werde ich dein Leben wieder in die Hand nehmen.»

Da ich lebte, musste ich mit meinem Leben etwas Sinnvolles anfangen, aber ich hätte mir nie vorstellen können, wie mein Vater seinen Plan umzusetzen gedachte. Ich gab mich damit zufrieden, dass er glücklich war, meinen Lebensweg beeinflussen zu können, anders als bei meinen Brüdern, die er mit seinen Geschichten vom Heldentum der auf dem Feld der Ehre gefallenen Kameraden in den Tod getrieben hatte, wie er glaubte. Er dachte auch, ich würde ihm helfen können, seine Frau aus der Erstarrung zu lösen, in der die toten Söhne sie gefangen hielten, obwohl ich damals noch nicht sah, worin meine Hilfe bei dieser kolossalen Aufgabe bestehen sollte. Mein Vertrauen in ihn war grenzenlos. Anstatt auf den Fehler zu starren und mich zu bestrafen, sah er nur auf das an mir, was sich lohnte, meinen Wunsch, Ärztin zu werden. Er hatte diese Wahl immer befürwortet, auch wenn er sagte: «Man braucht viel Mut und Geistesstärke, um diesen Beruf auszuüben. Das ist ein Männerberuf.» Zu jener Zeit verstand ich noch nicht den Hintersinn seiner Worte.

Jeder Tag dieses Jahres, von März 1942 bis Juni 1943, war dem Studium gewidmet. Er wollte dabei nicht nur mich unterstützen, er wollte vor allem meine Mutter beruhigen. «Ich kümmere mich um Pauline, mach dir keine Sorgen», sagte er fast täglich zu ihr. Er fürchtete, wenn sie nur noch allein mit ihrer Totengräberarbeit in ihrem Zimmer bliebe, ginge sie schließlich vollends vor die Hunde. Wenn mich ihre Abwesenheit beunruhigte, sagte er: «Lass sie in Ruhe, sie braucht dich im Augenblick nicht, sie braucht nur ihre Söhne um sich.» Ich verstand nicht, was er meinte mit «im Augenblick». Ich liebte meine Mutter nicht, noch nicht, nicht so, wie ich sie heute liebe. Mein Vater war stets derjenige, der meine Tage erhellte, der mir allerhand in Aussicht stellte, aber nur Nützliches und «Realisierbares!», wie er regelmäßig betonte. «Realisierbares, Pauline! Du kennst die Möglichkeiten noch nicht, die in dir stecken!» Ich war erst fünfzehn.

Ich gab meine liebestolle Jagd nach den Körpern der

Männer auf, um mich mit seinen Worten vollzusaugen, seinen Gedanken und seinen Bildern, und fand es wunderbar, mit ihm zu lernen. Ich mochte diese Vertraulichkeit und Verbundenheit; erst später, viel später, merkte ich, dass all dies zu einem Kalkül gehörte, dessen Ziel es war, mich zu opfern. Zunächst freute ich mich, dass er mein Lehrer wurde. Normalerweise sagt man, jemand begleitet dich durch deine Ausbildung. In unserem konkreten Fall war es umgekehrt; ich hatte den Eindruck, ihn bei diesem Lernprogramm zu begleiten, das er jeden Tag Stunde um Stunde für mich aufstellte. Ich verstand sein Engagement für mich als Privileg. Ich brauchte ihm nur noch auf diesem Weg zu folgen, der mich in die medizinische Fakultät führen sollte. Zur gleichen Zeit versenkte meine Mutter die Aussichten und Träume ihrer Söhne in den imaginären Gräbern, die sie ihnen in ihrem Zimmer ausgehoben hatte.

Ich kannte die Fähigkeit meines Vaters, sich auszudrücken und das Französische mit der Präzision eines Uhrmachers zu sprechen, wozu er, wenn es erforderlich war, auch die schwersten, eines Chateaubriand würdigen Konjunktive verwandte. Nun erkannte ich seine pädagogische Begabung und das Ausmaß seines Wissens auf so unterschiedlichen Gebieten wie der Philosophie, der Mathematik, der Chemie, der Physik, überhaupt der Naturwissenschaften und sogar der englischen Sprache, deren Grundlagen er beherrschte. Er hatte eben «seine Humaniora» absolviert, wie er es nannte, und ich hörte ihm zu und konnte nicht genug davon bekommen. Er schlug ein

Buch auf, bat mich, ihm den Titel der Lektion zu nennen, in welchem Fach auch immer, und der Unterricht begann, ohne dass er den Text zu Hilfe nehmen musste. Ich sah, wie er sich mit sportlicher Leichtigkeit durch dieses Labyrinth des Wissens bewegte, es war ein Spiel, das ihm erlaubte, seine Kenntnisse anzuwenden und zugleich zu überprüfen. Manchmal hielt er inne, fast außer Atem, selbst erstaunt über sein Gedächtnis. Er beeindruckte mich, denn es fehlte nichts an seinen Definitionen, seinen Beweisen und seinen Beispielen; im Gegenteil, er wusste viel mehr als meine Schulbücher. Ich merkte bald, dass seine Beispiele vor allem seinen eigenen Erfahrungen und Sinneswahrnehmungen, seinen Reisen und seinem Leben vor der Ehe entnommen waren. Er hatte lange als Junggeselle gelebt (er war zehn Jahre älter als meine Mutter), länger als mit seiner Familie; sein Leben beschränkte sich also nicht auf dieses Haus, seine Frau, seine Kinder, nicht einmal auf seine Arbeit oder das Unternehmen, das er aufgebaut hatte. Er hatte viele Dinge kennengelernt, die ich noch nicht kannte, nicht nur, was er in den Schützengräben von Verdun erlebt hatte, sondern auch vorher in seinem Leben als Mann. Mein Vater war jung gewesen, er hatte Abenteuer, Liebschaften gehabt, Reisen gemacht, geträumt. Das konnte ich aus allem, was er mir sagte, heraushören. Genau diese Dinge des wirklichen Lebens bot er mir unter der Hand an, auch sie stellte er mir in Aussicht; niemand hat mir mehr Lust gemacht zu reisen.

Wie hatte er von einem Abenteuerleben in ein Familienleben wechseln und daran Gefallen finden können? Das war ein echtes Rätsel. Ich hatte noch nicht begriffen, dass allein die Liebe solche Veränderungen zustande bringt, wahrscheinlich weil ich mir nie hatte vorstellen können, meine scheinbar so bescheidene und hübsche Mutter könnte eine Frau sein, die begehrt wird. Sie war in ihrem Zimmer, beinahe tot, und behelligte mich nicht, in gewisser Weise profitierte ich von ihrem Zustand und konnte die Stunden auskosten, in denen ich mit meinem Vater in der Küche saß und lernte. Der Tod meiner beiden Brüder, Schlag auf Schlag, hatte das Wunder vollbracht, mein Leben aufzuhellen, anstatt es zu zerstören. Ein Paradox, das schwer zu akzeptieren ist, vor allem aus heutiger Sicht. In dieser Küche hatte ich die Gewissheit, meinen Wunsch, Medizin zu studieren, realisieren zu können, obwohl ich allmählich spürte, dass mein Vater etwas anderes von mir erwartete. Mein Gefühl war richtig.

An einem dieser Tage, da meine Mutter nicht in der Lage war, ihr Zimmer zu verlassen, beschloss ich, die Leibspeise meines Vaters zuzubereiten, der zum Glück einfache Vorlieben hatte; aus den Eiern, die er am Vortag mitgebracht hatte, und einigen Kartoffeln, die ich in einem Nachbargarten stibitzt hatte, briet ich ein Omelett. Er sagte nichts, als er in die Küche kam und mich in der Schürze meiner Mutter antraf. Als wir in ungewöhnlich stummer Zweisamkeit am Tisch saßen, bekam er einenen Wutanfall, wie ich ihn noch nicht von ihm erlebt hatte, einen Ausbruch. Er, der so ruhig und im Allgemeinen so beherrscht war, kippte seinen Teller um und schleuderte ihn quer durch den Raum. Ich dachte, er sei wütend wegen der stibitzten Kartoffeln, die der Nachbar anbaute und normalerweise auf dem Schwarzmarkt verkaufte. Aber ich täuschte mich wieder einmal. Ich habe mich immer getäuscht in meinem Vater. Er hatte nicht nur mein Essen ungenießbar gefunden, er weigerte sich schlichtweg, mich in dieser Rolle zu sehen. «Das ist nicht dein Platz! Das ist nicht dein Platz!», schimpfte er. Ich glaube, er konnte nicht ertragen, dass ich diese Arbeit machte, weil er andere Pläne für mich hatte. Ich sah kein Problem darin, meine Stellung als Köchin wieder aufzugeben und zu meinen Studien zurückzukehren.

Ich stürzte mich hinein und bestand im September den ersten Teil des Abiturs und im Juni des folgenden Jahres den zweiten. Alles sah so aus, als sollte ich glücklich werden. Alles bestimmte mich dazu, das Haus zu verlassen. Ich war bereit.

Stell dir das vor, mit sechzehn stand mir die Universität offen, ich wäre die jüngste Medizinstudentin Frankreichs gewesen. Ich fühlte mich dieser Herausforderung vollkommen gewachsen. Über diesem Jahr des Lernens mit meinem Vater in der Küche hatte ich Krieg und Besatzung vergessen.

Es war eine Zeit fern von der Welt, bis zu dem Tag, als mein Vater mich daran erinnerte, dass wir uns im Krieg befanden und das deutsche Ungeheuer uns besetzt hielt. Unwiderruflich erklärte er: «Es kommt nicht infrage, dass du Dunkerque verlässt, du machst dein Medizinstudium, wenn alles vorbei ist.» Ein brutales Erwachen.

Ich verstand nicht mehr, wozu wir uns die ganze Arbeit gemacht hatten, wozu das gut gewesen sein sollte, welche Absichten er verfolgte, als er mich über ein Jahr lang in dieser Küche sitzen und ihm zuhören ließ. «Willst du deine Mutter umbringen?» Mir leuchtete der Zusammenhang nicht ein, den er plötzlich zwischen meiner eventuellen Einschreibung an der medizinischen Fakultät und der unbewältigten Trauer meiner Mutter herstellte. «Sie könnte es nicht ertragen, dich ganz allein in einer Stadt wie Lille zu wissen. Verstehst du das? Deine Mutter braucht uns.»

Ich erinnere mich, wie lang er sich Zeit ließ, Zeit, in der er offenbar einen Gedanken zu formulieren versuchte, den er kaum aussprechen konnte, bis er zwischen den Zähnen hervorpresste: «Vor allem braucht sie dich. Glaubst du nicht, dass es an der Zeit ist, deine Schuld zu begleichen?»

Wovon sprach er? Von meiner Kindheit, in der meine Mutter sich um mich gekümmert hatte, oder von dem Leid, das ich ihr durch meinen schlechten Ruf zugefügt hatte? Ich kannte die Antwort. Aber da er mir im Leben meiner Mutter einen Platz und anscheinend einen wichtigen Platz einräumte, war ich es zufrieden. Dann fügte er plötzlich hinzu: «Du hast zwei Jahre Vorsprung in allem, glaubst du nicht, dass du warten kannst?» Es war das einzige Mal, dass er auf die Periode meiner Männerabenteuer anspielte. Zwei Jahre Vorsprung in allem. Die Zeit der Vergeltung hatte begonnen.

Mein Wunsch, dieser Familie zu entfliehen, war viel sehnlicher und viel älter, als ich dachte; vielleicht ging er schon auf meine Geburt zurück. Meine Mutter hatte mir mal gesagt: «Du bist ein paar Tage zu früh aus meinem Bauch gekommen, während deine Brüder gern noch drinnen geblieben wären, sie haben alle ihren Termin überschritten ... Man hätte meinen können, du hattest das Bedürfnis, so schnell wie möglich die Welt zu sehen.» Ich hatte dieses Bedürfnis immer noch. Doch beeindruckt von der männlichen Autorität meines Vaters, fügte ich mich, ohne zu widersprechen. Vor seiner Entschlossenheit und seinem Urteil verkümmerte mein Wunsch. Das ist schwer zu erklären. Es gibt Behagen und Unbehagen, Glück und Unglück, Freude und Trauer, Lust und Unlust, aber es gibt keinen Begriff, der das Gegenteil von Wunsch ausdrückt. Der Wunsch ist, oder er ist nicht. Oder vielleicht ist das Gegenteil des Wunschs Verwirrung, wenn man die Orientierung verliert, die Spuren sich verwischen. Der Weg, den ich mir für mich vorgezeichnet hatte, war in wenigen Minuten ausgelöscht worden. Ich war so niedergeschmettert von all dieser Verworrenheit, die meine ganze Kindheit schon bestimmt hatte, dass ich nicht die Kraft fand, mich gegen meinen Vater zu wehren, auch nicht gegen seine Perversion, die ich ahnte; ich durchschaute noch nicht, was für eine Falle er mir stellte. Mein Vater besaß den Schlüssel zu der Tür, durch die ich entkommen konnte, und mir war klar, er würde ihn mir nur aushändigen, wenn ich meine Schuld beglichen hätte. Es ist nicht zu fassen, dass ich ihm jetzt erst, Jahre später und tausend Kilometer von seinem Grab entfernt, diesen Schlüssel entreißen kann.

«Vorläufig wirst du Krankenschwester.» Er gab vor zu wollen, dass ich mich der harten Realität eines Krankenhauses stellte; seiner Ansicht nach werde mir das helfen zu erkennen, ob mein Wunsch, Ärztin zu werden, Bestand habe.

Im Übrigen war mein Vater überzeugt, wenn nur seine Frau wieder Freude am Kochen fände, ginge ihr gemeinsames Leben so weiter wie vor dem Krieg. Er mühte sich ab, um ihr Gemüse oder Käse oder ein Stück Fleisch zu besorgen, wofür er auf dem Schwarzmarkt ein Vermögen ausgab, aber ihre Lust, die Familie zu ernähren, hatte er noch nicht wieder wecken können. Ich hatte genug Zeit, meine Mutter zu beobachten, und irgendwann einmal fiel mir auf, dass sie sich trotz ihres Unglücks in gewisser Weise wie eine missmutige Kurtisane benahm, deren Liebhaber ihr die schönsten Schmuckstücke vorenthielt, um ihr nur wertlosen Plunder mitzubringen. Es war ein winziger Moment, bevor sie wieder in ihrer schrecklichen Trauerarbeit versank, in dem ich begriff, dass meine Mutter die Ansprüche und Obsessionen einer Frau hatte. Sie trauerte nicht nur um ihre Söhne. Mein Vater hatte recht, sie trauerte um das Leben, das sie liebte, mitsamt ihrer Männersippe, gerade in dieser Zeit, da ihr jüngster Sohn geheiratet und das Haus verlassen hatte. Mein Vater setzte also mich ein, damit ich die Hauptrolle in seinem Wiederbelebungsstück übernehmen sollte.

Mein Vater kannte den Chefarzt, der das unter deutscher Aufsicht stehende Krankenhaus leitete. Er hatte nie über ihn gesprochen oder auch nur den Namen erwähnt, und nun schlug er mir vor, ihn zu treffen, um eine Stelle als Krankenschwester zu bekommen. In Kriegszeiten war es, selbst ohne Ausbildung, ziemlich leicht, einen solchen Posten zu ergattern. Ich freute mich beim Gedanken daran, auch wenn es meinem Vater dabei um irgendein geheimes Ziel ging.

«Du musst einen guten Eindruck machen.» Das war alles, was er sagte. Am Morgen des Treffens stand ich also früh auf und empfand die gleiche Erregung wie jedes Jahr zu Beginn des ersten Schultags. Die Kleidungsstücke, die ich ausgewählt hatte, lagen seit dem Abend auf dem Stuhl bereit, und ich hatte nur wenig geschlafen, weil mich dieser neue Tag, der mich erwartete, viel zu sehr beschäftigte.

Als ich in der Küche erschien, war mein Vater schon da. Er musterte mich von oben bis unten, und sein Blick verriet eine gewisse Enttäuschung – für mich aber gab es nichts Schlimmeres, als meinen Vater zu enttäuschen. Er fand meinen Aufzug ungeeignet, um mich für die Stelle zu bewerben. Ich trug einen Faltenrock, eine weiße Bluse mit leicht gebauschten Ärmeln und Söckchen in meinen Sandalen mit Keilsohle. Es war eine Art der Bekleidung, die mir nicht besonders gefiel, die mir aber für ein junges Mädchen, dessen sechzehnter Geburtstag noch bevorstand, korrekt erschien. Er sagte: «Du gehst nicht in die Sprechstunde zu diesem Arzt, mein Kind, sondern um eine Arbeit zu bekommen, und wenn dein zukünftiger Chef auf den ersten Blick sieht, dass du erst fünfzehn bist, nimmt er dich nicht. Ich würde auch nie eine Sekretärin einstellen, die mir nicht die Gewähr bietet, dass sie reif genug ist, um mich in meinen Geschäften zu unterstützen. Verstehst du?»

Da ich nicht reagierte, denn ich war etwas benommen von dem, was ich da hörte, fing er noch einmal an und wurde deutlicher, obwohl er leise sprach, damit meine Mutter es nicht hörte: «Pauline, wenn man zwei Jahre Vorsprung in der Ausbildung hat, kann man auch zwei Jahre Vorsprung im Kopf haben, und du bist jetzt eine Frau; wenn ich recht verstanden habe, waren das die Gründe für deinen Verweis vom Gymnasium. Es sollte also nicht so schwierig für dich sein.»

Einen Augenblick war ein Beben zwischen ihm und mir, so lange, bis sich meine Gedanken an seine angepasst hatten. Er ermächtigte mich, meine Kindheit abzustreifen, in die ich an jenem Morgen fast aus Versehen wieder geschlüpft war im Glauben, ihm eine Freude zu machen.

Ich ging also zurück in mein Zimmer und kleidete mich um, nicht auffällig, ein leichtes geblümtes Kleid mit einem schmalen roten Ledergürtel um die Taille. Das genügte ihm noch nicht. Unterwegs kaufte er mir ein Paar Schuhe mit Absätzen, und ich trennte mich von meinen Söckchen, um die Seidenstrümpfe anzuziehen, die er aus seiner Manteltasche zog. Dann schminkte ich mich ein wenig, ohne meine Wangen allzu rosa zu färben.

Mein Vater betrachtete mich prüfend wie ein Kostümbildner oder ein Modeschöpfer. Ich wusste nicht, wie ich mich verhalten sollte, aber ich spürte den sachkundigen Blick eines Mannes auf dem weiblichen Körper. Er fand mich schön. «Du bist wirklich schön.» Er sagte «schön», und ich verstand «begehrenswert». Mein Vater hatte sich noch nie zu meinem Aussehen geäußert oder zu der Art, wie ich mich kleidete. Ich nahm diese Bemerkung also wie einen Sieg, um nicht zu sagen, eine Weihe. Er fuhr fort, er finde, meine Augen würden durch etwas mehr Schminke gewinnen. Er hatte recht. Bevor ich aus seinem Auto ausstieg, war es ihm wichtig, mir noch eine letzte Ermahnung mitzugeben: «Sag vor allem deiner Mutter nichts, sie würde es nicht verstehen.» Es fiel mir nicht schwer, ihm das zu versprechen.

Die Verwandlung war vollzogen, als ich das Büro des Chefarztes Dr. Domnick, Offizier der Wehrmacht, betrat. Ich wäre beinahe in Ohnmacht gefallen. Nicht seinetwegen, ein Mann in seinen besten Jahren, oder wegen seines entschlossenen Blicks, sondern wegen des Büros, das der Krieg zur Speisekammer gemacht hatte. Es gab Kaninchen und lebende Hühner in Käfigen, Gemüse – ich erinnere mich, angesichts eines riesigen Kürbisses gedacht zu haben, eine Fee hätte zwei Kutschen daraus zaubern können. Da waren ganze Schinken, jede Menge Würste, wie man sie sonst nur im Metzgerladen zu sehen bekommt, Zucker, Mehl und sogar Schokolade.

Ich begann die Absichten meines Vaters zu verstehen. Ich dachte nur noch an all dieses Essen. Wenn ich mich nicht ganz dumm anstellte, bekäme meine Mutter etwas anderes als Lunge für ein Haschee, und sie könnte wieder Freude am Kochen finden. Und mein Vater, von dieser Sorge befreit, könnte wieder glücklich sein. Domnick muss gemerkt haben, wie hypnotisiert ich war, während ich an meine Mutter dachte und daran, dass die Boches uns alles wegnahmen wie 1916 in Lille.

«Damit bezahlen mich die Kranken», sagte er in perfektem Französisch mit jenem deutschen Akzent, der unserer Sprache eine gewisse Rauheit verleiht.

Er behandelte Franzosen ebenso wie die Soldaten, die von der Ostfront kamen. Ich konnte es nicht fassen, was die Bauern uns vorenthielten und in ihren Kellern horteten, um Tauschgeschäfte mit dem Feind zu machen, einem Feind, der sie behandeln und heilen konnte. Ich war sprachlos.

Dem Essen hatte ich bisher keine große Aufmerksamkeit geschenkt, aber jetzt war ich berauscht von all den starken Gerüchen, die sogar den Krankenhausgeruch überdeckten. Meine Mutter wäre beim Anblick dieser Herrlichkeiten ins Leben zurückgekehrt und hätte sich gleich lauter Gerichte ausgemalt, die sie kochen könnte.

Das Gespräch drehte sich um meine medizinischen Kenntnisse. Ich gestand, dass ich mich in den Behandlungsmethoden nicht auskannte, aber ich verwies auf meine Kenntnisse des menschlichen Körpers, was bei ihm ein Lächeln auslöste. Doch ich wusste, was ich sagte. Ich dachte an jene Lehrerin in Lille, die dem Chef der deutschen Kommandantur ins Gewissen geredet und auf seine Trunksucht angespielt hatte, als sie den Wein, den er beanspruchte, mit der Milch verglich, die die Kinder brauchten. Ich hatte begriffen, dass ich ihn auf keinen Fall vor den Kopf stoßen durfte, er hatte die Macht, und ich beschränkte mich darauf, ihn zum Lächeln zu bringen, ihn zu verführen.

Er wollte hören, was ich über den Körper wusste, und nachdem ich ihm die Knochen des Skeletts, die Muskeln, die Organe aufgezählt hatte, schloss ich meine Bestandsaufnahme mit der Bemerkung, dass ohne Nahrung selbst der robusteste menschliche Körper binnen kurzer Zeit stirbt. Ich war unschlüssig, ob ich von meinen im Kampf gefallenen Brüdern sprechen sollte, zog es aber letztlich vor, das Thema zu meiden. Da er meinen Vater kannte, war er wahrscheinlich ohnehin auf dem Laufenden. Es fiel also kein Wort über diese Trauerzeit. Ich kam auf die Nahrung zurück, ich redete wie ein Wasserfall, als müsste ich eine mündliche Prüfung in Philosophie ablegen. Ich äußerte meine Verwunderung darüber, wie wenig sich eigentlich die Bibel mit der Nahrung befasst. Außer dem Abendmahl, der letzten Mahlzeit Jesu, außer der Vermehrung des Brots und der Fische, außer dem Mastkalb, das für die Rückkehr des verlorenen Sohns geschlachtet wird, kennt die Bibel nur die Hungersnot, mit der Gott ein Volk bestraft. Aber wofür bestrafte uns Gott mit diesem Krieg?

Er ließ mich reden, bis mir nichts mehr zu dem Thema einfiel. Er beobachtete mich ruhig, lobte meine Intelligenz und befand, ich hätte noch viel zu lernen. Ohne ihm das im Entferntesten übelzunehmen, erwiderte ich, dass ich genau dafür hier sei, sonst wäre ich bereits Ärztin, und man hätte all diese Lebensmittel mir zukommen lassen.

124

Ich gebrauchte meinen ganzen Humor und behielt gleichzeitig mein Ziel sicher im Blick. Ich fühlte mich wie eine Spionin, die eine Mission zum Wohl der Menschheit zu erfüllen hat. Ich weiß nicht, woher ich die Selbstsicherheit genommen habe, einem Mann dieses Kalibers gegenüberzutreten, der dreißig Jahre älter war als ich.

Er brach in schallendes Gelächter aus. Ich hatte ihn erobert. Er betrachtete mich lange mit seinen leuchtenden blauen Augen unter den buschigen Brauen, so lange, dass es mir vorkam, als suchte er meine Seele zu ergründen. Es war das erste Mal, dass ein Mann (ich hatte bis dahin nur sehr junge, oft unreife Männer gekannt) mich so offen, mit so unverhohlener Begierde ansah, ohne ein Wort zu sagen; er umfing mich mit einem so sanften Blick, dass ich keinerlei Verlegenheit empfand. Ich musste an das Wunder denken, das ich vielleicht für meine Mutter vollbringen würde. Es war stärker als ich, selbst wenn er hässlich, schlaff, vulgär, lüstern, dick gewesen wäre, hätte ich nicht eine Sekunde gezögert, ihn zu verführen. Zum Glück war er ein gutaussehender Mann. Ich hatte also nichts zu befürchten. Sein Blick hatte dieselbe Wirkung auf mich wie eine Liebkosung kräftiger, sanfter Hände.

Das Gespräch setzte sich in Banalitäten fort, die nur dazu da waren, mich mit ihm in diesem Büro festzuhalten. Nach kurzer Zeit spürte ich, dass ich mich niederlassen, in aller Ruhe in seinem Blickfeld sein konnte. Er war kaum jünger als mein Vater, seine grauen Schläfen, seine buschigen Brauen verliehen ihm einen männlichen Charme, dem jedes Mädchen erlegen wäre. Ich interessierte ihn, das sah ich. Sein Blick war keinesfalls aufdringlich, niemals ließ er ihn zu meinen Beinen, die ich übereinandergeschlagen hatte, oder in den Ausschnitt meines Kleides wandern. Doch offensichtlich begehrte er mich.

«Hören Sie, Pauline, wir schließen einen Handel ab. Sie werden mit mir arbeiten, Sie werden meine Assistentin sein, ich werde Ihnen alles beibringen, was Sie für Ihr zukünftiges Medizinstudium lernen müssen. Als Bezahlung, denn ich habe kein Budget dafür, können Sie so viel von den Lebensmitteln nehmen, wie Sie wollen.»

Es ging nur um Gemüse, Mehl, Eier, Fleisch, aber ich befand mich plötzlich in der Rolle einer begehrten Frau, einer Femme fatale wie im Film, der ein Mann uneingeschränkt sein Vermögen zu Füßen legte, denn diese Lebensmittel waren alles, was er besaß, und alles, was ich haben wollte. Er nahm mir das Versprechen ab, schon am nächsten Tag mit der Arbeit zu beginnen, und es fiel mir nicht schwer, das Versprechen zu geben.

Es war ein triumphaler Tag. Ich entlastete meinen Vater und unternahm zugleich meine ersten Schritte in die Welt der Medizin und in mein Leben als Frau.

Ich hatte mich getraut, einen Vorschuss zu verlangen, und kehrte mit einem Kaninchen, Zwiebeln und Gemüse für eine Suppe nach Hause zurück. Mein Vater rief nach meiner Mutter und forderte sie auf herunterzukommen. Wir würden bald wissen, ob wir recht gehabt hatten, so zu handeln, mein Vater und ich. Sie ließ sich nicht lange bitten; sie muss es der Stimme meines Vaters angehört haben, dass etwas Außergewöhnliches vor sich ging. Ich sehe meine Mutter noch vor mir, wie sie die Küche betrat und den Tisch voller Nahrungsmittel betrachtete. Sie stellte keine Frage und begann sofort zu kochen.

Ich stand da. Ich hoffte auf ein wenig Anerkennung vonseiten meines Vaters, doch er hatte nur Augen für seine Frau. Ich hatte meinen Vater nie so aufgekratzt, beinahe fröhlich gesehen. Normalerweise war er so streng, jetzt holte er sogar eine Flasche Weißwein aus dem Keller. Sie konnte es kaum glauben, dass er bereitwillig eine seiner Flaschen öffnete, die ihm teurer waren als alles andere, und klagte, ihr fehle frischer Thymian. Mein Vater hatte sich nicht getäuscht, meine Mutter wartete nicht auf ein Wunder, sie musste nur ihren Platz im Haus wiederfinden, den einzigen Platz, den sie kannte und der ihr entsprach.

Um zu verhindern, dass ihre Energie wieder schwand, und da ich wusste, dass sie nichts verkommen lassen konnte, brachte ich ihr am Anfang verderbliche Lebensmittel, damit sie sofort anfing sie zu verarbeiten, vor allem Fisch. Dann brachte ich nach und nach weniger verderbliche und notwendigere Dinge mit wie Mehl, Eier und Zucker, die ihr als begnadeter Konditorin so sehr gefehlt hatten. Das Kuchenbacken begeisterte sie, und es hatte, behauptete sie, sogar die Macht, wenn beispielsweise das Wetter nicht schön war und man Trübsal blies, ein wenig Sonne ins Haus zu bringen.

Meine Mutter kehrte zurück. Ich kann es nicht anders sagen. Diese Protestantin, die zerbrechlicher war, als es schien, griff, verlockt von den Nahrungsmitteln, die ich täglich mitbrachte, wieder zu ihrer Schürze und band sie sich mühelos um die Taille, wie sie es vor dem Krieg gemacht hatte, als ihre Söhne noch da gewesen waren. Ihre Taille war ernstlich schmal geworden, sie konnte die beiden Bänder der Schürze jetzt einmal ganz um sich herumführen, um sie vorn vor dem Bauch zusammenzuknoten, während sie sie vor dem Krieg mit einer großzügigen Schleife im Rücken gebunden hatte. Sie war wieder in der Küche, und indem sie von Neuem die Ernährerin wurde, gelang es ihr, unser Familienleben zu flicken, das die Trauer zerrissen hatte.

Ich glaubte, das Glück sei zurückgekehrt, als ich sah, wie mein Vater ihr zulächelte; es war, als sagte er zu ihr: «Danke, dass du ins Leben zurückgekehrt bist», und sie antwortete ebenfalls lächelnd: «Nicht doch, ich danke dir, dass du gewartet hast, André.» Es war das einzige Mal, dass meine Mutter mir ohne Grund einen Kuss gab, und nachdem sie ihn mir auf die Stirn gedrückt hatte, heftete sie ihren umschatteten Blick auf mich und sagte mit äußerster Sanftmut: «Stimmt, durch das Schminken kommen deine schönen Augen zum Ausdruck, mein Schatz. Aber du bist dafür noch ein bisschen jung.» Dann fügte sie im selben Tonfall, zu meinem Vater gewandt, hinzu: «Mit den Absätzen und den Strümpfen ist es genauso, das ist nichts für ihr Alter, und man wird wieder allerhand Bosheiten über unsere Tochter sagen, aus Eifersucht, ich weiß, aber trotzdem! Meinst du nicht, André?»

Ich hatte verstanden. Strümpfe und hohe Schuhe anziehen, Schminke auflegen würde ich erst, kurz bevor ich das Krankenhaus betrat, und dann würde ich, bevor ich nach Hause kam, wieder ein tadelloses junges Mädchen werden ohne Rouge und Absätze. So hatte ich es schon zwei Jahre zuvor gemacht, wenn ich vom Hafen wieder in die Schule zurückgekehrt war.

Ich hoffte auf Unterstützung durch meinen Vater, der ja schließlich meine Verwandlung befohlen hatte. Ohne mich anzusehen, sagte er zu mir, ich solle mich waschen. Ich hätte es mit meinen Tränen tun können.

In dem wiederhergestellten Familienglück fand ich keinen Platz. Also hielt ich es bald nicht mehr für nötig, mich abzuschminken, wenn ich das Krankenhaus verließ und zu meinen Eltern zurückkehrte. Ohne jeden Widerstand erlag ich Doktor Domnick. Seit ich bei ihm arbeitete, hatte er sich nicht die geringste deplatzierte Äußerung mir gegenüber erlaubt, nur ein paar Ratschläge oder anerkennende Worte. Keine Geste, mit der er mir sein Begehren kundgetan hätte. Vielleicht machte er manchmal versteckte Anspielungen. Aber ich nahm sie nicht wahr. Ich hörte sie nicht. Ich wollte nichts davon wissen. Er war zu alt für mich, und ich wollte alles von ihm lernen.

Warum aber hatte ich, von der eigenen Familie ausgeschlossen, plötzlich das Gefühl, er sei der Einzige, der mich beschützen könne, während er für jedermann, selbst für meinen Vater, der natürliche Feind blieb? Was ist das für ein Phänomen, das dieses Unbehagen in der Familie, ausgelöst durch den Tod meiner Brüder oder das Wiederauftauchen meiner Mutter, in eine wilde, fast atemlose Liebesjagd nach Männern, in diesem Fall nach einem Mann, verwandeln kann? Mit dem Verschwinden des kleinen Mädchens, das ich gewesen war, genügten meine Träume nicht mehr, mein Körper übernahm die Führung und begann, der bestimmende Faktor in meinem Leben als Frau zu werden. Das war ein Weg, und Domnick war der Erste, der von mir nichts anderes erwartete, als was ich geben konnte, meine Leidenschaft für die Medizin und mein Bedürfnis, geliebt zu werden, und der dabei zuließ, dass ich mir alles von ihm holte, was ich holen konnte. Er war der große Pelikan in meinem Leben.

Im Krankenhaus wie später im Gefängnis war ich gewissermaßen aus der Welt herausgelöst, was meinen Blick auf die Dinge des normalen Lebens zwangsläufig veränderte. An diesen Orten herrscht das Leben ohne Zugeständnis, denn dieser andauernde Kampf mit dem Tod verleiht auch noch den kleinsten Handlungen eine wunderbare oder heroische Dimension. Alles ist außergewöhnlich. In der Medizin ist man jeden Tag, jede Minute mit der schlimmsten aller Prüfungen konfrontiert, man ist dazu bestimmt, Leben zu retten, indem man sich mit Gott misst. Es braucht eine verdammte Portion Überheblichkeit, um diese Menschenleben den Händen des Allmächtigen zu entreißen, auch wenn es nur für eine Weile ist.

Domnick erklärte mir, dass der Arzt den Tod erkennt, bevor er beim Namen genannt wird. Und weil er ihn erkennt, kann er in einen offenen Konflikt mit Gott treten, den er dank seines Wissens übervorteilt hat. Er ist es auch, der Gott die leblosen Körper darbringt, wenn der Kampf vorüber ist. Ja, sie werden geopfert, wenn er nichts mehr tun kann. Das ist der Satz, den alle fürchten: «Wir können nichts mehr tun.» Und wenn wir nichts mehr tun können, ist es an Gott, etwas zu tun, nicht vorher. Ich erinnere mich, dass er mit den Worten schloss: Der Arzt ist bestrebt, den Menschen lebende Körper und Gott leblose Körper zu übergeben; er sagt, Gott ist der Gott der Toten, um das Gefühl seines Versagens und nicht so sehr die sterbliche Hülle loszuwerden; er befreit Männer und Frauen aus den Fängen des Todes und gibt sie dem Leben zurück; er erweckt Sterbende; er unterhält zum Tod eine enge Beziehung aus Ablehnung und Aufbegehren. Wie könnte es anders sein, da doch das ganze Wissen eines Arztes auf den Dingen aufbaut, die er im Seziersaal an Leichen gelernt hat?

In dieser Atmosphäre habe ich die Lust entdeckt, nicht nur die sexuelle, auch alle anderen, alle möglichen irdischen Genüsse: Wein zu trinken, eine Zigarette zu rauchen, in dem Bett, in dem man sich geliebt hat, einen Roman zu lesen, mit geschlossenen Augen Musik zu hören. Und doch war ich nie in ihn verliebt. Ich begehrte ihn, ich bewunderte ihn, und ich achtete ihn wegen der Lebensmittel, die er mir schenkte, weil er ein großer Arzt war und weil er mir half, eine Frau zu werden und gleichzeitig auf dem Weg der Medizin weiterzukommen, die mein oberstes Ziel blieb.

Ich habe ein ganzes Jahr in diesem Krankenhaus damit zugebracht, mit ihm zusammen Schwerverwundete zu behandeln, die von der Front kamen. Als ich dann nach dem Krieg mein Medizinstudium beginnen konnte, bin ich in der Tat nicht bei der ersten Leiche, die man mir präsentiert hat, in Ohnmacht gefallen. Tote, Sterbende, verstümmelte Körper hatte ich schon viele gesehen, ich hatte eiternde Wunden versorgt, ich hatte zerfetztes Fleisch zusammengenäht, ich hatte Leichen gewaschen. Ich kann nicht sagen, dass man sich an diese Schrecknisse gewöhnt; ich hatte gelernt, mich ihnen zu stellen und meine Gefühle und meinen Ekel im Namen des Lebens, das wir zu retten versuchten, auch wenn es das Leben junger Deutscher war, beiseitezuschieben. Man hat es mir später vorgeworfen, als hätte die Medizin eine Nationalität.

1944 war ich noch nicht ganz siebzehn, als alle Kirchen-
glocken von Dunkerque zu läuten begannen, um das
Ende des Krieges zu verkünden. Domnick war ein paar
Tage zuvor aufgebrochen, um in seiner Heimatstadt, in
Berlin, Frau und Kinder wiederzutreffen. Er hatte zu mir
gesagt: «Sei glücklich, dein Land hat den Krieg gewonnen, du kannst Ärztin werden, und ich weiß, du wirst eine
gute Ärztin sein. Denk nur daran, und dann komme ich
eines Tages zurück.»

Ich war glücklich, dass der Krieg vorbei war, nicht
nur, weil wir nicht mehr besetzt sein würden, nicht nur,
weil es keinen Krieg mehr gab, sondern weil ich endlich
an die Universität konnte, obwohl sich innerhalb von Sekunden wie von selbst der Familiensinn wieder einstellte.
Meine Zukunft war klar. Meine Träume schienen wieder
in Reichweite zu sein. Ich brauchte nur noch den Arm
auszustrecken. Ich hatte immer noch ein gutes Jahr Vorsprung und zweifelte nicht daran, die Ärztin zu werden,
die ich schon immer hatte werden wollen. Nichts würde
mich mehr in Dunkerque halten. Ich war auf dem Sprung
und spürte in meinem ganzen Körper eine unglaubliche
Erregung.

Sogar meine sonst so zurückhaltende Mutter fieberte
an dem Tag, als die Glocken der katholischen Kirchen
erklangen, als hätte man ihr gesagt, jetzt, da die Gefahr
gebannt war, würden ihre Kinder auferstehen. Sofort fing
sie an, Zukunftspläne zu schmieden. Das Leben war für
sie wieder einfach geworden, ihr jüngster Sohn würde ihr
Nachkommen schenken, ich würde Ärztin werden, viel-

leicht heiraten, und sie würde so oft in die Kirche gehen können, wie sie wollte, mein Vater und sie würden einen friedlichen Ruhestand damit zubringen, die Gräber ihrer toten Söhne mit Blumen zu schmücken und ihre Enkelkinder zu wiegen. Sie hatte sogar Lust auf Champagner, aber dafür musste die Rückkehr meines Vaters abgewartet werden, der noch auf einer Baustelle zu tun hatte.

Sie begann Vorbereitungen für das Festessen zu treffen, das sie uns kochen wollte, als mit quietschenden Bremsen ein Auto vor dem Haus anhielt. Bewaffnete Männer stürmten in den Garten, schlugen die Haustür ein, obwohl sie gar nicht abgeschlossen war, Scheiben zerbarsten. Sie suchten mich. Meine Mutter stürzte sich mit einer Heftigkeit, die ich an ihr nicht kannte, zwischen die Männer, um sie aufzuhalten. Ich dachte, sie würde verrückt werden, wenn man ihr ein drittes Kind wegnahm, denn noch bevor ich verstand, was mir widerfuhr, wusste ich, dass ich in Lebensgefahr war. Sie ließen nicht mit sich reden, sie zogen mich an den Haaren und zerrten mich aus ihren Armen. Meine Mutter schrie lauter als ich, weil sie ihr das Kind entrissen.

Es waren Leute der Résistance; so haben sie sich vorgestellt. Heute weiß ich, dass sie Widerstandskämpfer der letzten Minute waren, die das Chaos und die Auflösung dieser ersten Tage der Befreiung nutzten, um ihre persönlichen Rechnungen zu begleichen. Ich erkannte unter ihnen einige, die ich am Hafen hatte abblitzen lassen.

Ich erinnere mich vor allem noch an die Frauen, die mich auf dem Weg beschimpften und mir ins Gesicht spuckten; ich erinnere mich auch an einen Mann, der auf mich pinkelte, als ich zu Boden fiel, bevor man mich an den Haaren weiterzog und auf das Schaugerüst hob, um mich kahlzuscheren. Ich konnte mich nicht wehren, ich ließ es geschehen; vielleicht weil ich dank der Medizin bereits gelernt hatte, mich von meinen Gefühlen zu distanzieren, und ich lernte schnell, Scham und Schmerz auf Distanz zu halten. Und ich weigerte mich, dieser tobenden Menge das Geschenk meiner Tränen zu machen. Ich habe die Fußtritte in den Bauch und die vielen Ohrfeigen eingesteckt. Und trotz meiner nicht einmal siebzehn Jahre habe ich nicht den Blick gesenkt und keine Träne vergossen. Ich hätte begreifen müssen, dass es gerade das war, was sie wollten, denn je weniger sie bekamen, was sie auf diesem öffentlichen Platz suchten, desto mehr beleidigten und quälten sie mich.

Als mein Kleid zerrissen war, malten sie Hakenkreuze auf meine Brüste und fingen an, mich kahlzuscheren. Heute kommt es noch manchmal vor, dass ich mir in die Haare fasse, um sicher zu sein, dass sie wieder gewachsen sind, als wäre ich im Geist ein Leben lang kahlgeschoren geblieben. Ich erinnere mich noch an die Hiebe der Schere, die mir den Schädel verletzten, und dann an das Geräusch der Schermaschine. Meine Haare fielen rings um mich herab, dicke Büschel, die meine Schultern und meinen Schoß bedeckten.

Die Luft war stickig und roch nach Tod. All diese Leute wollten meinen Tod. Sie beschimpften mich als «dreckige Deutschennutte», aber ich verstand nicht, was sie mir vorwarfen; ich war nicht in der Lage, einen Zusammenhang mit Domnick herzustellen, bis der Haarschneider innehielt und mich aufstehen ließ. Mit blauen Flecken übersät, der Kopf halb kahlgeschoren, stand ich da, das Oberteil meines Kleids auf die Hüften gezerrt, damit man die Hakenkreuze auf meinen Brüsten sah. Der Haarschneider forderte mich auf, mein Kleid hochzuheben und die Beine zu spreizen. Ich gehorchte und verharrte in dieser Haltung eines schmierigen Cancan ohne Musik. Dann riss er mir mit einem Ruck den Schlüpfer herunter und begann, mir mit seiner stumpfen Maschine das Schamhaar abzuscheren. Was ich gefühlt habe, während ich mir das Kleid vors Gesicht hielt und mit gespreizten Beinen mein Geschlecht der Menge darbot, ist nicht mit Worten zu beschreiben. Nach beendeter Schur war mein Geschlecht nur noch eine brennende Wunde.

Die Stille hat mir wieder Hoffnung gemacht. Und ich sagte mir, sie werden sich schämen für das, was sie mir angetan haben, und es hört auf, und ich kann nach Hause gehen. Dann keifte eine Frauenstimme: «Die ist jetzt aber schön sauber, die kleine Mädchenfotze!» Mehr brauchte es nicht, damit die Gaffer wieder mutig wurden und in Gelächter ausbrachen. Ich hatte keine Chance mehr, diesem Morast zu entkommen.

Dann schrie eine andere Frau: «Macht sie fertig, die Schlampe! Damit Schluss ist!» Das war keine Frau aus dem Volk, das war eine gut gekleidete Bürgersfrau, die eine Freundin meiner Mutter hätte sein können, eine altmodische Kamee schloss ihre tadellos weiße Bluse. Ich kannte sie so wenig wie die anderen, die applaudierten, aber ich dachte mir, sie hat sicher ein Geschäft, vielleicht ist sie eine Kurzwarenhändlerin. Sie hat ihren Rachedurst noch nicht gestillt. Vielleicht war sie die Mutter eines jungen Widerstandskämpfers, der sein Leben verloren hatte, und schrie, wie sie noch nie in ihrem Leben geschrien hatte, nach Vergeltung für das tote Kind. Ich erkannte in ihrem Blick die Schatten wieder, die nach dem Tod ihrer Söhne über Monate den Blick meiner Mutter verhangen hatten, der Blick einer Blinden, der nur das Jenseits sieht. Sie hatte sich an den Haarschneider gewandt, als sie meinen Tod forderte.

Der Rohling hatte sich wieder an die Entfernung meines Kopfhaars gemacht, die er unterbrochen hatte, um mir den Schamhügel zu scheren, er stand hinter mir, seine schwere Hand auf meinem Kopf zwang mich, den Nacken zu beugen, und ich spürte die kalte Klinge der Schere, die dicht an der Kopfhaut entlangschnitt. Es war ein Kerl, den ich in Dunkerque schon gesehen hatte, von zweifelhaftem Ruf, ein Zuhälter oder etwas in der Art; jemand, der skrupellos töten kann. Es genügte, ihn dazu aufzufordern. Ich fühlte, wie seine Pranke eines Ochsentreibers sich von meinem Kopf löste, und Sekunden später hatte ich den Lauf seines Revolvers an meinem Ohr. Mit einer schwarzen, flüssigen Farbe, die nach Benzin stank, malten sie mir noch ein Hakenkreuz auf den Schädel. Dann fing die Menge an zu schreien: «Tod der Dubuisson, Tod dem Flittchen, das sich den ganzen Krieg am Futtertrog vollgefressen hat. Schlimmer als eine Sau! Und Säue werden abgestochen und gefressen!»

Ich war noch so nah an der Kindheit. Ich schloss die Augen. Ich betete nicht, ich rief innerlich nach meinem Vater, ich dachte, er würde mich hören, ich hoffte, er würde kommen und mich retten. Aber mein Vater kam nicht. Ich war sicher, meine Mutter hatte ihn benachrichtigt, und verstand nicht, was ihn aufhielt, warum er mich nicht erlöste. Wer hätte mich erlösen können, wenn nicht er?

Trotz des höllischen Lärms der grölenden Menge hörte ich nur ein Geräusch, ein winziges Geräusch, das Klicken des Abzugshahns. Mein Henker hielt mir die Pistole in den Nacken. Es war aus. Ich hörte: «Wenn ihr wollt, dass sie krepiert, jetzt ist der Moment, dann sagt es! Sagt, dass sie krepieren soll, die Dreckshure!» Ich glaube, in diesem Augenblick bin ich gestorben. Und ich akzeptierte es auf einmal, dass mein Leben auf diesem Platz zu Ende gehen sollte, über den ich schon hundertmal gegangen war, ohne mir vorzustellen, dass hier alles für mich enden könnte. Ich frage mich noch heute, wie ich in so kurzer Zeit allen Lebenswillen verlieren konnte. Im Übrigen frage ich mich, ob ich ihn wirklich irgendwann wiedergefunden habe.

Ich spürte eine warme Flüssigkeit über meine Schenkel rinnen, ich brauchte eine Weile, bis ich verstand, dass ich mich vollgepinkelt hatte, ohne es zu merken. Ich entleerte mich, wie Tote sich entleeren. Ich hörte das Gelächter und die Scherze: «Du läufst aus, Schlampe, aber jetzt läufst du nicht mehr den Deutschen nach.» Das Jauchzen des Pöbels vor diesem Theater der Schande war fast zu laut, um überzeugend zu sein, etwas gezwungen, als versuchte jeder Einzelne in der Menge sich einzureden, er könne das Unerträgliche ertragen. Einer empfahl sogar, mich mit meiner Pisse zu waschen.

Ein junger Kommunist, ein echter Widerstandskämpfer, der die ganze Szene miterlebt hatte, trat schließlich dazwischen: «Schluss damit!» Zwei kleine unbedeutende Wörter des jungen Mannes hatten genügt, die Menge zum Schweigen zu bringen. «Schluss damit! Sie hat das Recht auf einen Prozess.» Er muss etwa zwanzig gewesen sein. An seinem Blick habe ich gesehen, dass er versuchte, mich Zeit gewinnen zu lassen, dass ihn die Szene, die sich da vor ihm abspielte, weit mehr anwiderte als der Krieg und als die Feinde, gegen die er gekämpft hatte. Ich hatte sogar das Gefühl, er fragte sich, ob er denn dafür gekämpft hatte, dass diese wilde Horde, die vom Krieg nur profitiert hatte, nun auch noch von der Befreiung profitierte.

Angesichts der unbestreitbaren Legitimität meines Retters, angesichts der Macht der Jugend legte mein Henker eine Pause ein, die mir eine Ewigkeit zu dauern schien. Wieder begannen Frauen zu schreien: «Tod! Tod der Deutschennutte!» Ich presste die Beine zusammen, um nicht zu zeigen, dass ich zitterte, denn der Urin auf meinen Schenkeln wurde kalt, und das Grauen überwältigte mich. Dann betete ich zum Gott meiner Mutter.

Mein Henker schloss sich schließlich der Ansicht des jungen Widerstandskämpfers an. Er billigte seinen Vorschlag, weil er schon wusste, was mich erwartete, sonst hätte er mich nicht laufen lassen. Ich jedoch glaubte wirklich, dass mein Leidensweg zu Ende war und dass ich mich vor einem Gericht würde verteidigen können; die Leute würden Vernunft annehmen, und ich würde ihnen beweisen, dass sie sich irrten.

Bevor er meine Fesseln löste und das nächste Mädchen auf das Schaugerüst steigen ließ, beugte sich mein Henker zu mir herab, die Schermaschine in der einen, die Pistole in der anderen Hand, und flüsterte mir ins Ohr: «Keine Sorge, das geht vorbei. Und weißt du was? Bald wirst du in Frieden ruhen.» Es gibt Worte, die man nie vergisst, weil sie eine Wahrheit enthalten, die einen bis ins Mark trifft.

Obwohl ich schon lange nicht mehr in den Gottesdienst ging, fand ich seltsamerweise in den Bildern Christi Beistand, die meiner Mutter so teuer waren. Doch ich dachte weder an seinen Kreuzweg noch an seine Dornenkrone, noch an die Nägel in seinen Händen und Füßen, ich dachte nur an diesen Satz, der sich an meinen Vater richtete: «Warum hast du mich verlassen?»

Sie brachten mich ins städtische Schlachthaus, das in einen Gerichtssaal verwandelt worden war. Man hätte blind und taub sein müssen, um nicht zu erkennen, dass ich in ihren Augen bereits tot war, als man mich diesem improvisierten Gericht vorführte: Ich war das aufgestöberte, gejagte Tier ohne jede Chance davonzukommen. Was ich auch antwortete, es bestand für sie kein Zweifel daran, dass ich log. Genau das habe ich neun Jahre später vor dem Schwurgericht wiedererlebt. Der gleiche Mechanismus – diese Wahrheit, die alle fordern und die niemand hören will!

Der «Volksprozess», wie sie es nannten, war rasch erledigt. In weniger als einer Viertelstunde hatten meine Richter entschieden, dass ich eine Spionin war und den Tod zahlreicher Widerstandskämpfer zu verantworten hätte. Ich versuchte, mich zu verteidigen: Wenn ich Spionin im Sold der Deutschen gewesen wäre, wie sie behaupteten, hätte ich mit französischen Offizieren der Résistance schlafen müssen, um dem Feind Informationen liefern zu können. Eine Ohrfeige warf mich zu Boden.

Ich war halb nackt, verquollen, verschmiert, kahlgeschoren. All das war von unvorstellbarer Gewalt und gleichzeitig verlogen. Auf dem Boden kauernd, wagte ich es plötzlich, ihnen zu drohen, sie zu warnen, mein Vater werde das nicht zulassen und sie würden es büßen, auch wenn ich selbst kein Wort mehr von dem glaubte, was ich sagte. Aber es gelang mir noch, das Bild meines Vaters zu beschwören und zu versuchen, ihnen Angst zu machen. Ich erreichte nur den gegenteiligen Effekt; der Gedanke an meinen Vater, den zwei von ihnen kannten, zwang sie, den Gang des Prozesses zu beschleunigen. Sie standen vor der Wahl, Leben oder Tod. Der eine, der in der Mitte stand, stimmte, ohne zu zögern, für die Todesstrafe. Die anderen folgten ihm und hoben nacheinander die Hand.

In wenigen Sekunden war ich erledigt, zum Tod verurteilt, während ich mich zwei Stunden zuvor noch mit meiner Mutter darüber gefreut hatte, bald das Medizinstudium aufnehmen zu können. Ein Wahnsinn. Das Grauen, das ich erlebt habe, war schlimmer als eine kalte Messerklinge, die einem langsam ins Fleisch dringt, damit man sie spüren soll, bevor man abgeschlachtet wird.

Ich war verloren, gefesselt, geknebelt und wehrlos, von der Schere verletzt, nach Urin stinkend, verschmutzt. Allein. Entsetzlich allein. Es hatte nichts mit einem Albtraum zu tun, die Wirklichkeit war viel zu gegenwärtig, so gegenwärtig, dass ich immer noch den Schweißgeruch der Männer in der Nase habe und den Geruch von Tierblut, der in diesen Mauern hing und von den Abflussrinnen aufstieg. Ich kann immer noch den Hass dieser Männer riechen. Der Hass hat einen Geruch nach Schweiß und Schimmel, ich konnte ihn auf meinem verwüsteten Körper riechen. Ich kann noch mein Blut schmecken, das mir aus den Mundwinkeln rann, der Blutgeschmack ist der Geschmack des Schreckens geworden, des Schreckens, den eine noch nicht Siebzehnjährige empfindet, der bewusst wird, dass ihr letzter Tag gekommen ist.

Wäre es nur bei diesem öffentlichen Kahlscheren geblieben, hätte ich diesen Tag, an dem das Unglück über mich kam, vielleicht vergessen können, aber mein Leidensweg war noch nicht zu Ende. Nachdem sie mir das wenige, was ich noch am Leib trug, heruntergerissen hatten, warfen sie mich in eine Kühlkammer, in der sonst die Gerippe der toten Tiere gelagert wurden, aber sie war nicht in Betrieb. Sie stießen mich gegen einen Holztisch, der in der Mitte der Kühlkammer stand und auf den mein Kopf aufschlug, dann schlossen sie mich ein. Über mir sah ich noch Schlachterhaken und dachte, sie würden mich aufhängen, um mich abzustechen. Dann herrschte totale Finsternis.

Verwesende Schlachtabfälle nährten die Fliegen, die ich summen hörte. In der stickigen, feuchten Wärme waren die Gerüche von fauligem Fleisch und Blut noch ekelerregender. Mein Kopf blutete, Schmerzen im ganzen Körper raubten mir die Sinne, die Farbe der Hakenkreuze lief mir übers Gesicht, denn ich schwitzte vor Angst, und im Mund hatte ich diesen Benzingeschmack, während ich die Fliegen abwehrte, die sich für meine Wunden zu interessieren begannen. Ich ging bereits in Verwesung über, allein mit meinem Tod, der noch vor Ablauf des Tages eintreten würde.

Ich weiß nicht, wie lange ich in der totalen Finsternis gewartet hatte, als ich hörte, wie die Tür entriegelt und geöffnet wurde, mit dem Licht kamen drei bewaffnete Männer der Résistance herein. Einer hielt einen Hund an der

144

Leine, der einen Maulkorb trug. Ein paar Sekunden lang keimte in mir die Hoffnung, sie würden mich an Ort und Stelle töten. Ich wollte, dass dieser ganze Gestank der Befreiung aufhörte.

Ich wäre nie auf den Gedanken gekommen, dass es ihnen nicht genügen könnte, mich zu töten. Diese bewaffneten jungen Männer forderten ihren Tribut. Während sie ihre Gürtel lösten, sprachen sie von ihrer Enthaltsamkeit im Maquis, wo nur wenige Frauen mit ihnen waren, weil solche «Schlampen» wie ich lieber mit den Deutschen schliefen. Sie wollten ihren Teil der Beute, bevor mein Körper am Hinrichtungspfahl, den andere gerade mit schweren Hammerschlägen errichteten, von den Kugeln durchsiebt würde. Sie erzählten mir, was mit meiner Leiche geschehen werde, die man auf dem Platz liegen lassen oder vielleicht den Hunden vorwerfen werde, denn die seien auch vom Krieg ausgehungert und würden sie schließlich fressen. Am meisten ärgere sie, dass ich dann nichts mehr spüren würde. Sie ließen mich also wählen, ob ich vergewaltigt oder bei lebendigem Leib von dem wütenden Hund zerfleischt werden wolle, den sie an der Leine hielten. Sie seien sicher, ich werde den Hund wählen, weil es ein Deutscher Schäferhund sei.

Mit dem Wort «Vergewaltigung» ist noch nicht alles gesagt. In der Vorstellung der meisten Leute bezeichnet es einen erzwungenen, relativ ordinären und relativ raschen und rohen Geschlechtsakt. Es ist ein Verbrechen, das nicht den Namen eines Verbrechens trägt. Ich möchte diese Vergewaltigung hier in ihren Einzelheiten schildern, sie auf dem Papier festhalten, wie sie in meinen Körper eingeschrieben ist. Die Männer pressten mich auf den Tisch und zerrten meine Beine auseinander. Viel später habe ich mich gefragt, was diese Männer so erregte, dass sie in einer Situation und einem Rahmen, der jeden normalen Menschen angewidert hätte, eine so starke Erektion bekamen. Oder können Brutalität und Gewalt gegen Frauen für alle Männer früher oder später eine erregende Vorstellung sein?

Der erste der drei, der sich über mich hermachte, war der älteste, vielleicht vierzig, die anderen beiden hielten mich fest. Ich hatte nicht das Gefühl, dass er in mich eindrang, sondern dass er mir einen Dolch in den Unterleib rammte, dazu wiederholte er unablässig: «Das gefällt dir, Schlampe, gib's zu, das gefällt dir.» Ich weinte immer noch nicht. Der Hund knurrte. Ich war genauso terrorisiert wie das arme Tier. Ich konnte nichts sagen, ich konnte mich auf diesem Tisch bloß winden wie ein Wurm, ich war nur noch ein Stück Fleisch, auf das die Fliegen nachher ihre Eier legen würden. Ich bemühte mich krampfhaft, meinen Mund geschlossen zu halten, damit ich ihren Speichel nicht schlucken musste, wenn sie mir ins Gesicht spuckten. Er ohrfeigte mich mehrmals. Die Ohrfeigen waren so heftig, dass ich dachte, er schlüge mir den Kopf vom Körper. Schließlich erreichte er den Höhepunkt der Lust, wenn man denn bei einer Vergewaltigung von Lust sprechen kann. Er ejakulierte, und seine Stöhnsalven hörten nicht mehr auf, viel zu lang und viel zu laut, um wahr zu sein; dieses Geröchel verriet ihn, denn ich kannte die

Lust der Männer, kümmerlich, kurz, krankhaft, aber er hörte gar nicht mehr auf, seinen Kameraden zu zeigen, wie lange und anhaltend er sich in mich ergoss. Doch er tat nichts anderes, als in mich hineinzupissen, und dazu schrie er: «Schaut, Jungs, das ist keine Nutte, das ist ein Pinkelbecken!» Dann war der Jüngste an der Reihe, der meine Brüste knetete und vor seinen Freunden mit seiner Schwellung prahlte. Das erregte schließlich den dritten, dem es mithilfe seines Kumpels gelang, mir den Mund zu öffnen, um seinen Schwanz hineinzustecken, während mich der Jüngste feixend nahm. Ich erstickte unter dem Ansturm dieser beiden nach Schweiß stinkenden, von ihrer Obszönität entstellten Männer. Ich musste mich übergeben, aber nichts konnte sie aufhalten! An dem Tisch, gegen den sie mich drückten, scheuerte ich mir den Rücken wund, unter ihren Stößen bohrten sich mir Holzsplitter ins Fleisch. Es gelang mir nicht, ohnmächtig zu werden, ihnen meine Hülle zu überlassen, die sie nach Belieben hätten benutzen und dann dem Hund vorwerfen können, der nicht aufhörte zu jaulen. Einer von ihnen versetzte ihm einen Fußtritt in die Schnauze, damit er still war. Ich hörte den Hund an meiner Stelle winseln.

Es nahm kein Ende. Mit unvorstellbarer Gewalt bändigten sie mich, behalfen sich mit den Knien, um mich niederzuzwingen. Mit der Kraft meines Zorns und meiner Verzweiflung wollte ich alles sehen, ich wollte ihnen in die Augen blicken, sie nicht vergessen und ihnen nach meinem Tod bis in alle Ewigkeit nicht mehr aus dem Sinn gehen.

Nachdem sie sich befriedigt hatten, dachte ich, es wäre vorbei. Da fiel eine neue Horde falscher Widerstandskämpfer in der Kühlkammer ein, alarmiert von meinen Schreien, von ihrem Gelächter und ihrem Stiergebrüll. Ich weiß nicht, wie viele es waren, die sich auf mich gestürzt haben. Ich weiß nicht, wie viele sich abgewechselt haben und nacheinander über meinen Körper hergefallen sind. Einer hat verkündet, ich verdiente keine Lust, und hat mich von hinten genommen. Andere schlossen sich ihm an und entdeckten begeistert die Freuden des Analverkehrs, während mir die Tischkante buchstäblich den Bauch zerschnitt. Ich erinnere mich, dass ich bei zehn aufgehört habe zu zählen. Dem Tod nahe, ertrug ich die Letzten. Bevor sie die Kühlkammer verließen, sagte einer: «Für die Franzosen ist sie zu nichts zu gebrauchen, nur für die Boches war sie gut, jetzt kann sie krepieren.»

Ich hörte die Stille des Todes. Meine Knochen hatten diesem Ansturm nicht standgehalten, ich weiß nicht, wie ich es geschafft habe, mich auf den Tisch hochzuziehen, zusammengekrümmt, um nicht mehr den Boden zu berühren. Nur weil ich mich noch atmen hörte, habe ich gemerkt, dass ich lebte. Meine Augen waren geschwollen von den Schlägen und brannten endlich von meinen Tränen, äußerlich war ich blutüberströmt, innerlich überschwemmt von ihrem zerstörerischen Sperma. Die Tür ging noch einmal auf. Meine Angst, die Kälte, das Halbdunkel, alles hinderte mich, die Person zu erkennen, die eintrat. Im Gegenlicht der offen stehenden Tür sah ich nur eine Gestalt in Militärjacke. Vielleicht der Henker, der mir den Gnadenschuss geben wollte. Er machte einen Schritt auf mich zu, und ich stieß ein so tierisches Geheul aus, dass er entsetzt zurückwich, erschrocken über diese Wildheit, zu der ich fähig war. Die schändlichen Bestien hatten aus mir ein wütendes Tier gemacht, das bereit war zu töten, wenn sich noch einmal eines dieser Raubtiere näherte.

Es war mein Vater. Er habe so lange gebraucht, weil er sich erst noch umziehen wollte, sagte er mit einer Stimme, die ich kaum wiedererkannte; meine Mutter hatte ihm geraten, seine Oberstuniform aus dem Vierzehnerkrieg anzuziehen, denn sie dachte, sein hoher Dienstgrad würde diesen Männern mehr Respekt abnötigen. Sie hatte wieder einmal recht gehabt. Vor ihnen hatte er offenbar nicht gezögert, wie meine Mutter es ihm empfohlen hatte, seine beiden Söhne zu erwähnen, die für Frankreich gefallen waren (sie wären nicht umsonst gestorben, wenn es half, ihre Schwester zu retten), und den Respekt zu fordern, den seine Familie verdiente. Seine Worte, meine toten Brüder, seine Überlegenheit als Mann und Veteran des Großen Kriegs geboten diesem mörderischen Wahnsinn Einhalt. Was geschah mit den anderen Mädchen, die keinen solchen Vater hatten? Ich wage nicht, darüber nachzudenken.

Er näherte sich mir vorsichtig wie einem verletzten Tier. Sorgsam legte er mir seine Uniformjacke aus Verdun um die Schultern, um meine Blöße zu bedecken und die

Hakenkreuze überall auf meinem Körper zu verbergen. Dann nahm er mich und trug mich, nackt und blutig unter der Jacke, auf seinen Armen davon, weit weg von dieser Welt, die mich nicht mehr wollte.

Als sie mich von zu Hause abgeholt hatten, war der Himmel von reinem Blau und wolkenlos gewesen. Als ich dieser Hölle entkam, war der Himmel immer noch genauso blau. Es waren kaum ein paar Stunden vergangen, aber sie hatten genügt, mein ganzes Leben zusammenstürzen zu lassen. Der Himmel hat an jenem Tag wenig Erbarmen gezeigt mit dem jungen Mädchen, das ich war.

Saint-Omer. Mein Vater wollte mich von Dunkerque so weit wie möglich wegbringen, um jegliche Provokation zu vermeiden und abzuwarten, bis die Raserei vorbei war, oder auch, um der Schande zu entkommen, die es bedeutete, eine kahlgeschorene Tochter zu haben. Er befahl mir, mich zu waschen, er verband meine Wunden. Ich wurde fast wieder zum Kind in dieser Badewanne, in der ich stundenlang zusammengekauert sitzen blieb. Ich war ein Nichts. Da sagte er zu mir: «Du weinst? Das ist gut! Denn Tote weinen nicht.» Und dann fügte er hinzu: «Ich bitte dich um Verzeihung für das, was man dir angetan hat.» Ich habe die Bedeutung dieses letzten Satzes nicht erfasst; ich freute mich einfach, gerettet zu sein und einige Wochen allein mit meinem Vater in einem Haus zu verbringen, das uns Freunde zur Verfügung gestellt hatten, in der Nähe eines großen Kanals.

Am nächsten Tag hat er mir ein Tuch gekauft. Ich stellte mir vor, wie er zu der Verkäuferin sagte: «Das ist ein Geschenk für meine Tochter.» Unmöglich konnte er sagen: «Damit soll meine Tochter ihren kahlgeschorenen Kopf verhüllen, bis ihre Haare wieder wachsen, bis ihre blauen Flecken vergehen und ihre Wunden auf dem Rücken und am Bauch verheilt sind.» Er hoffte, wenn die Spuren dieser ganzen Bestialität von meinem Körper verschwänden, bevor ich wieder ins normale Leben und in unsere Familie zurückkehrte, dann würden sie schließlich auch aus meinem Gedächtnis gelöscht.

Wir lebten diese Wochen in einer recht stillen Zweisamkeit, aber ohne wirkliche Nähe. Ich schrieb diesen Mangel an Nähe der Schamhaftigkeit meines Vaters zu, dem es stets schwergefallen war, seine Gefühle zu zeigen. Die meiste Zeit verbrachte er damit, zu lesen und seine Pfeife zu rauchen, ohne mich aus den Augen zu lassen. In seiner Abwesenheit kümmerte sich mein dritter Bruder um das Unternehmen, wie schon damals, als mein Vater «mein Leben in die Hand genommen» hatte. Nach der ersten Woche besorgte er mir in Lille Anatomielehrbücher. Von da an brachte ich meine Tage damit zu, die Namen jedes einzelnen Organs, jedes Muskels, jedes Knochens, die Namen der Arterien, der Viszera und der Schichten der Epidermis zu lernen. Ich konnte mich im menschlichen Körper mit einer Leichtigkeit bewegen, die ihn faszinierte, wenn er mich abhörte. Ich bemerkte nicht, dass er mir gleichzeitig half, Schritt für Schritt in den eigenen Körper zurückzufinden, indem er all die Gefühle, die man für gewöhnlich mit den Organen oder Körpersäften in Verbindung bringt – die Liebe mit dem Herzen, den Ärger mit der Galle, die Angst mit dem Bauch –, auf ihre außerordentliche mechanische Komplexität zurückführte.

Hin und wieder fuhr er nach Dunkerque, aber nur für einen Tag. Um Geschäfte zu erledigen, um meinen Bruder zu entlasten, der seinerseits Vater geworden war, um meine Mutter zu beruhigen, die es nicht versäumte, ihm Körbe voller Essen und Eingemachtem mitzugeben; sie wusste, dass weder er noch ich begabte Köche waren. Sie wusste auch, dass niemand sich einmischen und diese Vertrautheit zwischen uns stören durfte, so wenig wie die Vertrautheit, die zwischen ihr und dem letzten ihr verbliebenen Sohn entstand.

Ich war wieder einmal das, wovon ich träumte, allein mit meinem Vater. Ich dachte nicht an meine Mutter und nicht an meinen Bruder, ich war glücklich, mit ihm der Welt entkommen zu sein.

Niemand wusste während meines Prozesses, dass ich bereits zum Tod verurteilt und mehrfach vergewaltigt worden war. Meine Richter wussten nur, die Täterin war kahlgeschoren worden; ich sah es in ihren Augen. Ich war damals siebzehn gewesen, und man hatte mich zu allen nur möglichen Toden verurteilt, weil ich ein Jahr lang die Geliebte eines deutschen Arztes gewesen war. Nicht eines Nazigenerals. Eines Arztes, der auch französische Leben gerettet hatte. Der Beweis waren all diese Nahrungsmittel, mit denen ich meine Mutter gerettet hatte.

Mein Anwalt wollte, dass ich das erzähle, um meinen Richtern Mitleid abzunötigen. Aber wer hätte mir geglaubt, nachdem mein Vater, der einzige Zeuge, nicht mehr da war, um vor Gericht für mich auszusagen? Außerdem wollte ich alles vergessen, was an diesem letzten Kriegstag geschehen war. Ich dachte, das sei möglich.

Die Frage meines Verhältnisses zu Männern wurde vor Gericht und von der Presse ausführlich besprochen, kommentiert, analysiert, weil ich nach dem Krieg, wie um mich zu rächen, meine sexuellen Erfahrungen in ein kleines Notizbuch eingetragen hatte – meine «sexuellen Leistungen», wurde gesagt. Ich hatte meinen Liebhabern Noten gegeben, von 0 bis 10, und lapidare Bemerkungen dazugeschrieben: 4, Versager; 3, muss masturbieren, um mich nehmen zu können; 7, ziemlich hässlich, bemüht sich aber, im Gegensatz zu den Schönlingen, die das nie tun, und den Reichen, die glauben, sich alles erlauben zu können; 3, die Überheblichkeit der Männer, die mit einem

153

großen Penis ausgestattet sind, entspricht dem gewaltigen Ausmaß ihrer Dummheit usw. Ich sah Frauen im Publikum lächeln, manche haben sogar gelacht, als Maître Floriot es für angezeigt hielt, dieses Heft zu schwenken als den unanfechtbaren Beweis dafür, was für ein vulgäres Luder ich sei. Wie kann ein Anwalt behaupten, die menschliche Natur zu kennen, ohne zu wissen, dass zahllose Frauen jeden Tag solche Dinge über die Männer denken, wenn sie sich vor ihrem Toilettentisch das Haar bürsten oder in ihr geheimes Tagebuch schreiben oder mit anderen Vertraulichkeiten austauschen und sie dabei nicht selten zum Lachen bringen.

Dieses kleine Notizbuch hat in der Presse viel Wirbel verursacht. Was ich über Félix nach unserer ersten Nacht geschrieben hatte, weiß ich nicht mehr. Als ich ihn kennenlernte, wusste er nichts von den Zusammenhängen zwischen Liebe, Begehren und Körper, er wusste nicht, dass der Körper die einzig mögliche Sprache des Begehrens ist. Für ihn als guten Katholiken war der Körper nur Schmerz. Er war der Einzige, dem ich alles beibringen, alles zeigen, alles über diese Dinge sagen musste, dem ich erklären musste, wie man es anstellt, dass auch die Frau zum Höhepunkt kommt. Es wurde geradezu ein Kurs in Anatomie und Körpermechanik. Ich kann sagen, dass er mit mir die Lust entdeckt hat. Er ist dann ein wunderbarer Liebhaber geworden, und manchmal hatte ich das Gefühl, den idealen Mann geformt zu haben. Insgeheim war ich sogar ein wenig stolz darauf. Ich glaube, später hat das bei unserer Trennung eine Rolle gespielt: Wie kann ein Mann sein Leben mit einer Frau verbringen, die all seine jugendlichen Tollpatschigkeiten mitbekommen hat? Als ich im Gerichtssaal seine Verlobte sah, die Félix' Familie begleitete, begriff ich, dass er nun ihr alles hätte beibringen müssen. Die Frauen sind auf diesem Gebiet ja so dankbar.

Mein erstes Tagebuch hat mir meine Mutter geschenkt, als ich zum ersten Mal meine Periode bekam; ich war elf. Und für mich bestand immer eine Verbindung zwischen diesem Heft und Sexualität, zwischen dem Schreiben und dem Blut. Meine Mutter hat mir erklärt, warum ich blute, und diesem neuen Phänomen meines Körpers einen Sinn gegeben. Sie dachte, wenn ich Tagebuch schriebe, werde mir das helfen, diese Veränderungen allmählich zu verstehen. Sie eröffnete mir damit eine lange Tradition, die zu allen Zeiten den Mädchen und jungen Frauen erlaubte, ihre seelischen Befindlichkeiten in ihrem Tagebuch festzuhalten, ohne dass die familiäre oder gesellschaftliche Ordnung gestört wurde. Man freute sich, wenn man hörte, dass junge Mädchen ihre Geheimnisse in einem Heft verschlossen.

Meine Mutter gestand mir, in der Zeit Tagebuch geführt zu haben, als sie meinen Vater kennenlernte. Ihr Tagebuch war also auch ein Kriegstagebuch, und ich wage nicht, mir auszudenken, was sie ihm anvertraut haben mag. Ein Tagebuch ist viel mehr als ein bloßes Notizbuch: Es nimmt die Stelle eines Vertrauten oder eines Beichtvaters ein; es ist gleichbedeutend mit dem imaginären Freund einsamer Kinder; in ihm verwahren wir unsere

Schwächen, unsere Phantasmen und all die Regungen, die wir nicht zugeben können.

Nachdem meine Mutter mir versichert hatte, dass ich an diesem Blutverlust nicht sterben würde, hat sie mir also erklärt, dass es sich um ein Anzeichen handle, eine Art Beweis, dass ich von nun an Mutter werden könne. Zum ersten Mal wurde vor mir das Wort «schwanger» ausgesprochen, nach dem Wort «Mutter».

Das Verhalten meines Vaters änderte sich radikal. Die Jagdtage wurden zahlreicher, wilder, erschreckender. Bis zu dem Tag, als ich auf ein junges Reh anlegte und meine Hand anfing zu zittern; da riss er mir das Gewehr aus den Händen: «Du bist wirklich eine Frau, du kannst nicht mal schießen.» Er bat mich nie wieder, ihn zu begleiten.

Wenn mein Vater wegen meiner ersten Regel anfing, auf Abstand zu mir zu gehen, als wäre ich unrein geworden, so trug sie mir ein paar Wochen später auch die erste Ohrfeige vonseiten meiner Mutter ein. Ich hatte sie gefragt: «Hat Maria, die Mutter von Jesus, auch zwischen den Beinen geblutet?» Die Ohrfeige klatschte. Dann antwortete meine Mutter: «Bei Jesus doch nicht, dummes Mädchen! Bei den anderen bestimmt, sonst wüsste ich nicht, wie sie die hätte kriegen können.» So habe ich gelernt, dass die Protestanten zwar an die unbefleckte Empfängnis glauben, aber nicht daran, dass Maria ihr Leben lang Jungfrau geblieben ist. Die Religion war für meine Mutter ein Zauber, der sie aus dem Alltag herausholte und ihr half, wenn die biblische Geschichte sie wieder in ihre Küche entließ, in ihrem normalen Leben einen Sinn zu entdecken.

Wenn ich heute an dieses Tagebuch zurückdenke, sage ich mir, dass es vor allem das Schreiben war, was mich daran interessierte. Das Schreiben zwang mich, ehrlich zu mir zu sein. Schreiben zwingt mich immer, mir gegenüber ehrlich zu sein. Und ich finde die Wahrheit nur in der Finsternis meines Lebens. Du siehst, Jean, wie seltsam die Dinge sind. Ich träume vom Licht mit dir, von helllichtem Tag, aber ich schreibe immer im Dunkeln.

Oktober 1945. Ich verließ Dunkerque und meine Familie und kam nach Lille, wo niemand mich kannte und wo für mich nur die Gespenster eines anderen Krieges umgingen. Dennoch verspürte ich kein Gefühl von Freiheit, denn man kann nicht frei sein, wenn man ganz und gar in Geheimnis und Scham eingeschlossen ist. Mein Medizinstudium war zur Obsession geworden. Nur mein Erfolg schien mir ein sicherer Beweis meiner Erlösung zu sein.

Im zweiten Studienjahr, als ich Félix kennenlernte, hatten meine Haare Zeit gehabt nachzuwachsen, auch wenn ich sie nie mehr so lang getragen habe. Für Félix war es Liebe auf den ersten Blick und für mich ein Wunder. Ich wusste sofort, dass ich ihn heiraten würde. Als er um meine Hand anhielt (so wie du heute, Jean), war mir klar, dass ich diesen Mann nicht heiraten konnte, wenn ich den geheimsten Teil meines Lebens vor ihm verbarg. Und so habe ich ihn zunächst mehrmals abgewiesen. Doch die Liebe zu Félix war stärker als die Angst, die Lüge und das Schweigen, und schließlich habe ich eingewilligt und ihm die Wahrheit gestanden über diesen Tag des Grauens, an dem ich öffentlich geschoren worden war. Ich war sicher, ihn zu rühren mit diesem Geständnis, das ja auch einen zusätzlichen Liebesbeweis von meiner Seite darstellte.

Zuerst hat Félix sehr gut reagiert. Dann ist er verschwunden. Ein paar Tage später kam er wieder, um mir zu sagen, er habe lange nachgedacht und es komme für ihn nicht in Betracht, ein Mädchen in seine Familie einzuführen, das kahlgeschoren worden sei. Es war, als hätte er die Hakenkreuze wieder auf meine Haut geschmiert und mich von Neuem geschoren, aber mein Stolz gewann die Oberhand. Ich vergoss keine Träne und redete mir ein, er verdiene mich nicht. Als ich wieder allein in meinem Studentenzimmer war, wich alles Leben aus mir. Ich blieb wochenlang eingeschlossen, genau wie in Saint-Omer, als mein Vater mich aus den Händen meiner Henker gerettet hatte und ich außerstande war, das Haus zu verlassen, vor lauter Angst, man könne mich in diesem Zustand sehen und die Menge erneut meinen Tod fordern.

Die Zeit verging, ich konzentrierte mich auf mein Studium und hoffte, mit der Zeit werde auch der Schmerz nachlassen. Doch das war nicht der Fall. Meine Liebe zu Félix wurde nicht schwächer, im Gegenteil. Ich dachte, er werde sich wieder fangen, so schnell könne man nicht aufhören zu lieben, tief in seinem Inneren liebe er mich noch, er leide genauso sehr wie ich und opfere zu Unrecht diese Liebe. Schließlich hatte er nicht gesagt: «Ich kann es nicht ertragen», sondern: «Meine Familie würde es nicht ertragen.» Ich kannte seine Intelligenz, ich kannte seine Sensibilität, und ich hatte nichts zu befürchten. Ich war bereit, so lange zu warten, wie es nötig war. Ich hatte mir eingeredet, Félix könne nicht ohne mich leben, so wenig wie ich ohne ihn leben konnte. Ich glaubte es aufrichtig. Oder aber die Zeit würde eben ihr Werk tun und ich würde die Trauer der Trennung durchleiden, wie meine Mutter die Trauer um ihre Kinder durchlitten hatte.

Doch die Zeit tat ihr Werk nicht, weder im einen noch im anderen Sinn. Nichts war vergangen, weder meine

Liebe noch mein Begehren, und der Verlust schuf in mir ein Gefühl der Leere, in dem ich jeden Tag tiefer versank. Das Leben ohne Félix, den einzigen Menschen auf der Welt außer meinem Vater, der alles von mir wusste, den einzigen Mann, den ich bisher in meinem Leben geliebt hatte, war vollkommen sinnlos. Ich beschloss, Schluss zu machen, diese Welt zu verlassen, wo mir die Liebe verwehrt war. Mir blieb nur noch, die Arbeit der Saubermänner zu Ende zu bringen, mir selbst den Gnadenstoß zu geben.

Ich kaufte einen Revolver. Das war es, dachte ich, was Félix wollte, denn auch er sprach das Urteil über mich, indem er mich aus seinem Leben verstieß. Ich habe monatelang gezögert, weil ich merkte, dass nicht der Verlust dieses Gefühl der Leere in mir erzeugte, sondern meine vor lauter Warten und Leiden immer größer werdende Liebe. Ich wollte dieser Liebe vertrauen, die mich ganz und gar beherrschte und die allein mir helfen konnte, Félix zurückzuerobern. Ich war überzeugt, wir würden es zusammen schaffen, dieses Hindernis zu überwinden. Wer anderes als er konnte die Hakenkreuze auslöschen, die auf meiner Haut wieder sichtbar geworden waren?

Ich beschloss, Félix zu treffen. Er hatte sich an der medizinischen Fakultät in Paris eingeschrieben, um mir in Lille aus dem Weg zu gehen. Ich war verrückt vor Liebe. Ich nahm den Revolver mit, bereit, mich vor ihm zu töten, wenn er mich abweisen sollte. Doch sobald Félix die Tür seiner Dachstube öffnete, wusste ich, dass ich zu Recht an unsere Liebe geglaubt hatte. Er erwartete mich, obwohl ich mein Kommen nicht angekündigt hatte. Er hat es gesagt: «Ich habe dich erwartet.»

Er schob sofort seine Hand unter meinen Rock. Solche ein wenig vulgäre und umstandslose Gesten war ich bei ihm nicht gewohnt, aber ich sah ihn seit über einem Jahr zum ersten Mal wieder und war bereit, ihm alles zu verzeihen und alles zu geben. Der Blick, mit dem er mich in dieser Nacht ansah, war derselbe wie früher, als er meine Geschichte noch nicht kannte. Wir haben uns wieder mit der gleichen glühenden Leidenschaft geliebt, wie wir es immer getan hatten, und mit dem gleichen Erstaunen über unsere Lust.

Am nächsten Tag merkte ich, dass er sich nur ein paar angenehme Stunden hatte machen wollen, denn das konnte er mit mir, wie er sagte: «Ich weiß, wozu du fähig bist mit Männern, du bist so erfahren.»

Irgendwie hatte ich gespürt, dass er vielleicht nicht ganz ehrlich war, aber ich hatte diese Nacht unbedingt mit ihm teilen wollen und war froh gewesen, sie zu erleben. Das Gefühl, das die ganze Nacht in mir geschlummert hatte, erwies sich als richtig. Er dankte mir und bat mich, nicht mehr wiederzukommen. Er gestand mir, er sei verlobt mit einem sehr netten, sehr hübschen Mädchen ohne Makel, wie er betonte, einem Mädchen, das seine Eltern überaus schätzten, einem Mädchen seines Milieus mit einem zusätzlichen Trumpf; sie war katholisch und noch Jungfrau. Das verriet er mir mit einer Ungeniertheit, die ich von ihm nicht kannte; sein männlicher Sadismus hatte die Oberhand gewonnen. Es war sicher das erste Mal in seinem Leben, dass er ihm derart nachgab. Ich hatte immer noch den Revolver in der Tasche. Aber ich bin gegangen. Dann erinnere ich mich nur noch, dass ich den ganzen Tag durch Paris geirrt bin, wie ein Schlafwandler oder ein Geist, auf jeden Fall ruhelos.

Bevor ich noch einmal zu ihm zurückkehrte, war die Welt für mich bereits vergangen. Die Wahnidee, Schluss zu machen, trübte meinen Blick auf die Dinge und tauchte die Welt in einen Nebel. Der herrliche Gedanke an das Ende hatte ganz von mir Besitz ergriffen; sonst existierte nichts mehr. Ich war einundzwanzig, und, so romantisch das klingen mag, eine Ewigkeit auf Félix zu warten erschien mir erträglicher, als auf ihn zu verzichten und am Leben zu bleiben.

Die Sehnsucht, mit Félix zusammen zu sein, war so mächtig, dass es keine Gesetze, keine immanente Gerechtigkeit, keine Männer, keine Frauen mehr gab, in den Straßen war das Blut des Lebens versiegt, die große Stadt, auf die sich die Welt gewöhnlich reduziert, existierte nicht mehr; auch sie war tot. Das Leiden schien allem, was mich umgab, seine lebendige Substanz geraubt zu haben. Ich war von meiner Geschichte abgeschnitten, meiner Familie, meiner Vergangenheit, meiner Kindheit beraubt, im Grunde blieb mir nur ein Weg, aber ein leuchtender. Wenn ich diese Verwüstung meines Bewusstseins beschreiben soll, würde ich sagen, dass ich mich im Gegenteil in einem erhabenen Zustand des Glücks befand, beseelt vom Gedanken an das nahe Ende. Ich erinnere mich nur an das Klappern meiner hohen Absätze, das der Zeit den Rhythmus meines Schicksals aufzwang. Tak-tak-tak-tak-tak-tak ...

Ich sehe mich gehen, bereits nicht mehr bei mir, tot. Ich bin geblendet, wie im Hochsommer am Strand von Dunkerque vom hellen, sonst nie von der Sonne beschienenen Sand. Ich gehe nicht mehr, ich höre meine Absätze nicht mehr klappern, ich gelange zu Félix' Zimmer. Ich habe keine Angst mehr. Die Vollendung wird zu einer erhabenen Vorstellung. Das Zimmer ist am Ende dieses blendend hellen Wegs, ich klopfe, er öffnet, er hat nicht mich erwartet, ich betrete ruhig das Zimmer, und die Helligkeit verwandelt sich in undurchdringliche Finsternis.

Ich wollte Félix auf die Probe stellen. Ich wollte ihm beweisen, dass er mich noch liebe. Ich hoffte es, wie ich hoffte, er würde mir die Waffe entreißen und mich daran hindern, mich zu töten. Es war Wahnsinn, heute weiß ich es, aber das Leben hatte mich in diesen letzten Jahren hart angefasst. Ich wollte ihm ein letztes Mal durch eine großartige Geste und nicht mithilfe der armseligen Sprache meine Liebe zeigen. Ich erinnere mich noch an die Verachtung in seinem Blick und in seinem Lächeln. Und dann zog ich den Revolver aus meiner Manteltasche.

Von diesem Punkt an habe ich in meinem Prozess gelogen. Nicht in Bezug auf meine Absichten, aber in Bezug auf den Hergang. Félix hat angefangen, mich zu provozieren.

«Ein Mädchen wie du bringt sich nicht um! So eine kann nur erpressen. Der Beweis: Schau dich doch an, du machst dich wirklich lächerlich.»

«Was soll das heißen, ein Mädchen wie ich?»

«Eine Schlampe, soll das heißen, ein Mädchen für die Boches, wenn dir das lieber ist! Das verstehst du doch wohl!»

Er sagte das mit einer Ruhe und einer Selbstsicherheit, wie ich sie bei ihm noch nicht erlebt hatte.

«Ich hatte ein Verhältnis mit einem deutschen Offizier, das stimmt. Aber nur mit ihm.»

«Lügnerin! Du lügst so gut, dass man dir glauben könnte.»

«Dann glaube mir, denn es ist die Wahrheit. In dich bin ich unsterblich verliebt. In ihn war ich nicht verliebt;

die Geschichte ist komplizierter, als es den Anschein hat. Das schwöre ich dir.»

Einen Augenblick lang war mir, als hätte ich ihn überzeugt, sein Blick wurde sanfter; ich erinnere mich sehr gut daran. Aber er nahm nur Anlauf, um mich zu überraschen.

«Ich habe Erkundigungen über dich eingeholt, Pauline. Und in Dunkerque habe ich schöne Geschichten erfahren.»

«Und was hast du da erfahren, dass du mich jetzt so verachtest?»

«Die Wahrheit.»

«Aber die Wahrheit habe ich dir gesagt.»

«Du bist sehr schlau, Pauline; ich war sogar bereit, dir zu verzeihen, glaub mir. Aber als ich erkannte, wer du wirklich bist ... nein, als ich erfuhr, wer du bist – du wirst dich nie ändern, du bist so geboren –, da war mein Entschluss unwiderruflich gefallen. Also steck diesen Revolver wieder ein, und hör mit diesem Theater auf; wir sind nicht auf der Bühne, wir sind im echten Leben.»

Ich wollte wissen, was er über mich erfahren hatte. Ich bestand darauf, denn im Grunde wusste ich selbst nicht mehr so recht, wer ich war. Alles in diesem extremen Augenblick, da die Zeit meines Lebens auf die Größe einer Studentenbude geschrumpft zu sein schien, stürzte mich in noch tiefere Verwirrung.

«Sag mir, wer ich bin.»

Die Antwort kam ohne Zögern: «Eine Hure.»

Da war es wieder. Er ließ nicht locker.

«Gib zu, dass dir das immer gefallen hat; was im Übrigen erklärt, wie begabt du auf diesem Gebiet bist. Und ich gebe zu, dass du mir eine Menge beigebracht hast; ich war ziemlich unerfahren, als ich dich kennengelernt habe ... Und deshalb bist du auch gestern Abend gekommen, nicht wahr? Damit ich dich nehme ... wie eine Hure ..., und das habe ich gemacht, ich habe dich genommen wie eine Hure.»

Er fuhr fort mit seinen Beleidigungen. Man hatte ihm erzählt, ich sei damals, als ich in dem deutschen Krankenhaus arbeitete, nicht nur die junge Geliebte des Naziarztes gewesen, sondern hätte auch jeden Abend für die Patienten die Beine breit gemacht, um ihnen etwas Gutes zu tun. Er hat sich mit Gerede, Klatsch und Neid zufriedengegeben und tonnenweise den gleichen widerwärtigen Unsinn wie die Widerständler über mir ausgeschüttet. Vielleicht zehnmal hat er wiederholt, ich sei nur dafür gut, mich von den Boches vögeln zu lassen.

Sosehr ich ihn bat aufzuhören, er machte weiter.

«Du bist nur dafür gut, dich von den Boches vögeln zu lassen.»

Ich flehte ihn an aufzuhören.

«Verrückt, was du für eine Angst vor der Wahrheit hast. Du musst dich damit abfinden, Pauline, du bist eine echte Nutte. Aber Gott wird dir verzeihen, und da wird er wohl der Einzige sein, so viel wie du herumgehurt hast.»

Dann kehrte Stille ein, unheimliche Stille. Er fing an, auf seinem Tisch Papiere zu ordnen, er wandte mir den Rücken zu, unfähig, mir das Schlimmste, was ich hören sollte, ins Gesicht zu sagen. Weil seine Stimme leise war, konnte ich ihn nicht verstehen und bat ihn zu wiederholen, was er gesagt hatte. Und er wiederholte es, ohne sich umzudrehen.

«Ich bedaure nur, dass du bei der Befreiung nicht liquidiert worden bist.»

Um das nicht mehr zu hören, habe ich geschossen.

Es war nicht das, was ich wollte. Die Zeit war ausgelöscht, wie sie vor meinen Henkern ausgelöscht war. Nun aber hatte ich einen Revolver in der Hand, um mich zu wehren. Ich habe das Magazin geleert, ohne zu denken, dass ich ihn töten könnte. Ich zielte nicht, ich schoss, damit der Krach ihn zum Schweigen brachte, damit er meinen Zorn und meine Demütigung übertönte.

Als ich merkte, was ich getan hatte, habe ich in der Küche das Gas aufgedreht, um das, wofür ich gekommen war, auch auszuführen. Ich habe nicht einmal versucht, ihn zu retten, ich war sicher, er sei tot. Du musst mir glauben, Jean, ich wollte nur, dass er schwieg, dass sie alle schwiegen. Es waren die Worte, die ich töten wollte, die Worte, die beschmutzen und treffen.

«Ich fordere die Todesstrafe für Pauline Dubuisson.»

Das war der Satz, der mich wieder atmen ließ. Ich ersehnte diesen Tod. Ich hatte alles getan, um ihn zu erlangen, doch als ich an dem Abend wieder in meine Zelle zurückgekehrt war, erschien es mir unvorstellbar, in Kürze sterben zu müssen, obwohl ich bei den Racheaktionen schon einmal nahe daran gewesen war. Die Nächte sind lang im Gefängnis, und die Nächte meines Prozesses waren noch schlimmer, vor allem die Nächte zwischen dem Plädoyer des Staatsanwalts und dem Urteilsspruch.

Die Guillotine mochte eine moderne Erfindung sein, wie mein Vater mich gelehrt hatte, um die Strafe weniger grausam zu machen; sie soll verhindern, dass der Verurteilte leidet. Aber ich konnte nicht umhin zu denken, dass die Anatomie zu diesem revolutionären Mythos im Widerspruch steht. Ich wusste, es ist unmöglich, auf der Stelle zu sterben. Das durchblutete Gehirn und die Retina funktionieren zwangsläufig noch einige Sekunden lang, wenn der Kopf bereits vom Körper getrennt ist. Einige Sekunden, nachdem mein Kopf vom Körper getrennt wäre, würden meine Nase noch riechen, meine Ohren noch hören, meine Augen die Richter noch sehen und gleich daneben Félix' Familie, die zur Hinrichtung eingeladen worden wäre. Diese paar Sekunden Bewusstsein, eine Ewigkeit. Mein Gehirn wäre zum Schluss eine Art Fotoapparat, der das letzte Bild meines Lebens für immer auf meine Netzhaut prägt. Dieses Bild nennt man Optogramm. Das war also die Strafe für den zum Tod Verurteilten, ein letztes, für immer bleibendes Bild.

Diese Vorstellung verfolgte mich, ich dachte nur noch an das Klicken des inneren Apparats, an das lichtgesättigte Foto und dann an die Stille, wenn meine Ohren das Hören einstellten. Und was ich sehen würde, wären natürlich die Mutter und der Vater, die Schwester und die neue Verlobte von Félix, denen mein Tod Genüge tat. Unmöglich konnte man meiner Mutter antun, dass ihr Kind diesmal vor ihren Augen getötet wurde. Aber mir hatte niemandes Tod Genüge getan.

Nur aus diesem Grund habe ich die lebenslängliche Freiheitsstrafe akzeptieren können und war letztlich sogar erleichtert, dem Tod zu entgehen, obwohl ich nach ihm gerufen, ihn herbeigesehnt und durch meine Lüge über den Vorsatz beinahe provoziert hatte. Tagelang hatte ich mich mit der Aussicht auf dieses Ende auseinandergesetzt, ohne mir vorzustellen, in welche Qualen sie mich stürzen sollte.

Wenn ich dem Tod entgangen bin, verdanke ich das der einzigen Frau unter den Geschworenen. Ich sehe sie noch vor mir. «Ich bin Schneiderin», hatte sie stolz gesagt, als sie die Angaben zu ihrer Person machte. Sie war die einzige Frau, die mein Anwalt nicht abgelehnt hatte. Er sagte zu mir: «Diese Frau macht einen vertrauenerweckenden Eindruck. In ihrem Blick ist etwas Gütiges.» Und ich habe den ganzen Prozess über sorgfältig vermieden, diesem Blick zu begegnen, aus Angst, sie könnte mir gegenüber Mitleid oder Hass empfinden. Stattdessen wurde ich verschlossen und hochmütig, gab kurze, lapidare Antworten und ließ nicht die geringste Diskussion aufkommen. Sie hörte mit der Aufmerksamkeit einer guten Schülerin zu, und ich spürte vierzehn Tage lang ihren Blick auf mir. Ich stelle mir manchmal vor, wie ernst diese bescheidene Frau ihre Aufgabe genommen, wie sehr sie gekämpft haben muss, um zu verhindern, dass man mir den Kopf abschlug; wie sie die Männer der Jury zwang, sich ihrer Schneiderinnenlogik zu beugen; wie sie die Fakten vor ihnen ausbreitete, als würde sie einen Stoff auf dem Tisch ausbreiten und glatt streichen, um die Falten zu beseitigen, bevor sie mit der Kreide die Konturen des Schnittmusters nachzeichnet, die einzelnen Teile ausschneidet, aneinanderlegt, steckt, heftet, um der Geschichte eine Form zu geben. So wendete sie ihre Schneidererfahrung auf die Justiz an und überließ nichts diesen Männern.

Diese Frau hat mir das Leben gerettet, weil es für sie unerträglich war, dass es hier zu Ende gehen sollte. Sie konnte sich für das junge Mädchen, das ich war, eine Zukunft vorstellen. Und meine Zukunft heute bist du, Jean.

Noch etwas. Alle Verbrecher bedauern ihre Verbrechen, ohne sich je wirklich vergeben oder sich wirklich verurteilen zu können. Nicht dass ich es nicht wollte, ich konnte es nicht. Denn es ist unmöglich. Sowohl die Vergebung als auch die Verurteilung können nur durch andere geschehen. Die Zeit der Haft hat mich von meiner Geschichte abgetrennt, weil jeder Tag dazu da war, mich an mein Verbrechen zu erinnern.

Ich habe Unrecht getan, und ich habe Unrecht erlitten; ich habe Schmerz zugefügt, und ich habe Schmerz empfunden und empfinde ihn immer noch. Im Bereich des Unrechts gibt es weder Verhältnis noch Maß, so wenig wie im Bereich des Schmerzes. Für die meisten Leute bleibt Töten eine Abstraktion, niemand kann das Entsetzen desjenigen spüren, der getötet hat. Und ich weiß nicht, ob du es beim Lesen spürst, ich hoffe es.

Was bleibt mir noch zu sagen? Dass hier in Essaouira das Unvorstellbare trotzdem geschehen ist, in kurzer Zeit. Zum ersten Mal habe ich wieder gespürt, wie all meine Muskeln, vom Kopf bis zu den Füßen, sich straffen, wie mein Körper sich vor Vergnügen streckt, wie meine Füße mich tragen, ich konnte wieder begehren, ich konnte wieder wollen. Ich begehre dich, und ich will dich. Der Raserei meines vergangenen Lebens kann ich endlich andere schöne Rasereien entgegensetzen.

Ich erinnere mich an meine Ankunft. Ich war in Schweiß gebadet. Mein Körper hatte schon lange nicht mehr so geschwitzt, zum Glück trug ich ein leichtes Kleid. Nach und nach betäubten mich die Gerüche der Stadt, die der salzige Wind vom Atlantik in kleinen Böen zu mir herwehte. Man denkt im Zusammenhang mit dem Maghreb nie an den Atlantik, man denkt immer ans Mittelmeer, das ich nicht mochte, als ich in Toulon ankam.

Dort habe ich Véronique wiedergetroffen, bevor ich mich in Sète nach Tanger einschiffte. Ich wäre umgekehrt, wäre da nicht diese Bardame gewesen, in einer Hafenkneipe namens Youyou Bar; ich musste lächeln über den Namen. Eine große, strahlende Rothaarige mit blauen

Augen; sie war aus der Auvergne gekommen, um sich in «Klein-Chicago» und in den Nächten dieser Matrosenstadt zu verlieren. Sie sagte zu mir: «Keine Frau kommt ohne guten Grund hierher.» Dann machte sie eine lange Pause, zog an der filterlosen Gitane, die sie zwischen ihren langen Fingern mit den tadellos lackierten Nägeln hielt, und fügte hinzu: «Wir Frauen dürfen jedenfalls nicht kleben bleiben, wenn wir etwas erreichen wollen, wir müssen abhauen, und zwar so weit weg wie möglich.» Sie bot mir einen Kaffee und eine Zigarette an, und ich nahm beides, obwohl ich nur hellen Tabak rauchte.

Sie wollte mir helfen, weil sie meine Angst spürte, die in diesem Augenblick vom Mittelmeer ausgelöst wurde. Dieses Meer schien sich über seiner Antike geschlossen zu haben, ohne noch irgendeine Perspektive zu bieten, wohingegen der Ozean, den ich in Marokko wiederfinden würde, eine Öffnung zu neuen Welten bedeutete, wo alle Eroberungen vorstellbar waren. Ich wusste, dort unten würde ich wieder leben und träumen können, nichts mehr erhoffen, aber mir den Traum erhalten als das, was er ist, eine Sehnsucht, die nicht über die Wirklichkeit hinausgeht und uns von allem reinwäscht, aber die uns verzaubert. Ich werde auf dieses Land nie verzichten können.

DRITTES HEFT

Es ist vorbei. Morgen werde ich Jean all diese Seiten zu lesen geben, das ist leichter, als mit ihm zu sprechen. Ich habe entdeckt, dass mein Schreiben viel Ähnlichkeit mit dem Strümpfestopfen meiner Mutter hat, das von ihr die gleiche Konzentration und Genauigkeit verlangte. Jahrelang fand ich es lächerlich, mit welcher geradezu krankhaften Hartnäckigkeit sie sich dieser Arbeit widmete, bei der sie sich die Augen verdarb, obwohl sie sich so viele Paar Strümpfe hätte leisten können, wie sie wollte. Ich verstand nicht, was dieses Stopfen bedeutete, und frage mich heute, welche Löcher meine Mutter in ihrem Leben oder in unserer Familie schon gestopft hatte, bevor ich den Skandal und das Unglück über unsere Familie brachte.

Jean rief mich an. Er fragte: «Wie wäre es, wenn wir morgen in die Wüste führen?»

Das ist der ideale Ort, um ihm mein Heft zu lesen zu geben. Ich habe Ja gesagt. Ich habe gemerkt, dass er hoffte, ich würde ihn auffordern, zu mir zu kommen, aber ich habe nur gesagt, ich wolle heute Abend allein sein. Ich möchte noch einmal alles durchlesen, was ich geschrieben habe, Grammatik und Rechtschreibung überprüfen, mich versichern, dass ich nichts Wichtiges vergessen habe. Er hat nicht weiter darauf gedrungen.

Mir bleibt noch eine Nacht, bevor ich wieder Pauline werde, eine Nacht, in der ich noch Andrée heiße, in der ich noch die bin, die er kennt, eine junge Ärztin, die Leben rettet, die gern liest und lange Stunden mit ihm verbringt, ohne dass man sich groß unterhalten muss. Jean ist ein Mann, der für die Liebe geschaffen ist. Ich kann mir nicht helfen, aber heute Abend kommt mir das Wort «lebenslänglich», das mich vernichtet hat, nicht mehr so schrecklich vor. Heute wäre ich so froh, wenn mir jemand sagte, ich bekomme mit Jean «lebenslänglich». Es ist schließlich das einzige Wort, das die Ewigkeit auf Erden bezeichnet.

23.55 Uhr. Unmöglich, Schlaf zu finden. Ich bin wie Edith Piaf, wenn sie *Mon Dieu* singt und Gott anfleht, Er möge ihr den Geliebten noch eine Zeit lang lassen, «einen Tag, zwei Tage, acht Tage, lass ihn mir doch noch ein wenig ...» Auch ich bitte die Nacht zu dauern, mir diese unschuldige Zeit mit Jean noch zu lassen, bevor ich wieder Pauline werde und Andrée wie ein altes zerschlissenes Kleid weglege, wie ein Kleid, von dem man weiß, dass man es nie wieder anziehen wird.

Ein Uhr morgens. Ich lese zum wiederholten Mal durch, was ich geschrieben habe. Nach jedem Durchlesen ist alles wie ausgelöscht. Im Gefängnis lernt man, um nicht zu leiden, jeden Tag alles aus dem Gedächtnis zu löschen, so wie die Gefängnisse selbst in der Welt, die sie umgibt, wie ausgelöscht sind. Niemand sieht die Gefängnisse in den Städten, ich habe sie nicht gesehen, als ich frei war, ich wusste nur, dass es sie gab. Die Gefängniswelt ist von allen staatlichen Bereichen der einzige, der mehr in der Phantasie als in der Realität existiert. Man kann sich nicht vorstellen, wie schwer es ist, an einem Ort weiterzuleben, der für niemanden real ist. Aber was sollen diese Überlegungen! Ich klammere mich an alles, um mich von meiner Angst abzulenken, der Angst davor, ihm morgen gegenüberzutreten.

3.20 Uhr morgens. Ich denke an den Western, den ich vor Kurzem mit Jean gesehen habe; wie meine Brüder ist er ein großer Westernfan. *Mein großer Freund Shane.* Es ist die Geschichte eines einsamen Mannes, eines blonden Cowboys mit blauen Augen; Alan Ladd spielt ihn. Der Mann kommt mit seinem Pferd in ein gottverlassenes Tal mitten im Nirgendwo. Dort trifft er auf mutige Farmer. Für die ist er wie ein vom Himmel herabgeschwebter Engel; er ist eben blond und blauäugig, und die Fransen seines Lederhemds à la David Crockett machen seine Arme zu Flügeln. Er verführt alle, den Ehemann durch seine Kraft, die Frau durch seinen Charme und den kleinen Jungen durch seinen Revolver. Man weiß nicht, woher er kommt und wohin er geht, aber er bleibt. Er entdeckt in dieser Zeit das Paradies der Menschen wieder, das Paradies nach dem Sündenfall, wo man mit jedem Stück Land kämpfen muss, um es ertragreich zu machen. Er lebt bei der

Familie, er macht sich nützlich. Er möchte seinen Leuten helfen und sie von einer Plage befreien, die dieses Paradies der Arbeit und der Rechtschaffenheit bedroht. Er beseitigt die Gefahr, indem er die bösen Männer tötet. Da merkt man, dass Töten sein Handwerk ist; er war ein berufsmäßiger Mörder. Aber dass er noch einmal getötet hat, macht ihn fertig. Also geht er fort. Wenn der kleine Farmersjunge ihn am Ende überreden will, bei ihnen zu bleiben, sagt Shane (der Berufsmörder) zu ihm: «Wenn man getötet hat, kann man nicht mehr zurück ins richtige Leben. Man hat dort keinen Platz mehr. Mein Fehler war, dass ich geglaubt habe, es sei möglich.» So etwas in der Art sagt er. Und der Film endet mit dem Bild des einsamen Cowboys im Gegenlicht, der sich in der Wüste des Grand Canyon auf seinem Pferd entfernt. Der Engel ist nur noch ein Phantom.

Ich sollte Jean an diesen Film erinnern, bevor er mein Heft zu lesen beginnt. Ich sollte ihm auch sagen, dass Essaouira mein wiedergefundener Kindheitsgarten ist. Hier habe ich wieder anfangen können zu träumen. Und dann hast du, mein Geliebter, diesen Garten betreten. Wir verdanken alles dem Zufall. Und in der ersten Sekunde, in der ich dich gesehen habe, wusste ich, dass ich in diesem neuen Leben, das für mich begann, auch wieder lieben durfte. Wenn du mich also immer noch heiraten willst, dann möchte ich gern deine Frau werden, dann möchte ich nie mehr Dubuisson heißen, dann möchte ich den Namen meines Vaters ablegen, dann möchte ich deinen Namen tragen.

Nein. Ich darf ihn auf keinen Fall fragen, ob er immer noch bereit ist, mich zu heiraten; das hieße, ich hielte es für möglich, dass er seine Meinung änderte. Wenn ich Félix nichts gesagt hätte, wäre nichts Schlimmes passiert. Warum haben mich bei der Befreiung diese Männer abgeholt? Sie wären sicher hochzufrieden, wenn sie wüssten, dass sie im Grunde erreicht haben, was sie wollten. Ich bin eben doch zum Tod verurteilt worden, zu einem langsamen Tod, und jeder Tag ist eine zusätzliche Stufe, die ich erklimmen muss, und es fällt mir immer schwerer. Die Treppe, die ich hinaufsteigen muss, ist wurmstichig, alles kann bei jedem Schritt einstürzen und mich unter den Trümmern begraben.

Zum Glück habe ich die Stadt, die Frauen, die auf der Straße Arabisch sprechen, das Haus zu ebener Erde, in dem ich mich vergessen kann. Dieses weiße Haus mit seinen Keramikkacheln ist das erste Haus, das ich je besessen habe. Wir eignen uns die Häuser der Kindheit an, die uns nicht gehören, die wir im Erbfall sogar oft mit zwei, drei anderen teilen oder ihnen teilweise abkaufen müssen. Dieses Haus hier ist das erste, von dem ich ganz Besitz ergriffen habe. Nie habe ich mich so wohlgefühlt wie zwischen diesen Wänden, die keine andere Funktion haben, als die Kühle zu speichern.

Nur wenige Dinge sind zu den paar Möbeln, die ich bei meiner Ankunft vorgefunden habe, hinzugekommen, Landschaftsfotografien und der von Rachida kalligrafierte Prophetenspruch: *Unter den Füßen der Mütter liegt das Paradies*, ein Phonokoffer und einige Klassikschallplatten, die größtenteils Véronique gehören, denn sie zieht der Malerei inzwischen die Musik vor. Seit einiger Zeit höre ich das *Requiem* von Mozart. Dieser Messgesang für die Toten beruhigt mich, ich kann in Frieden an meine Brüder denken, sie in der Musik wiegen. Wenn ich der Musik Mozarts lausche, kann ich nicht umhin zu denken, dass die Menschen immer viel großartigere Dinge für die Toten vollbracht haben als für die Lebenden. Ich liebe diese Chorstimmen, die sich in den Himmel erheben und die Unendlichkeit hörbar machen. Stimmen wie Standarten. Die Chöre liebe ich mehr als die Sologesänge, die mich auf die Erde und zum menschlichen Elend zurückbringen und sich nicht in diese Höhen aufschwingen können wie der Chor.

Was Bücher angeht, so habe ich vor allem die, die mir Suzanne, die Buchhändlerin von Dunkerque, schickt oder die sie meiner Mutter mitgibt, die mich jedes Jahr besucht. Sie weiß, dass ich nie mehr einen Fuß nach Frankreich setzen will. Als ich hierherkam, hatte ich nur *Lettera amorosa* von René Char mit den Illustrationen von Braque und mein Exemplar von *Verbrechen und Strafe* im Koffer, das Buch, das mich in all den Jahren der Haft davor bewahrt hat, verrückt zu werden. Manchmal, wenn ich allein zu Hause bin, fällt mein Blick auf dieses Buch, das ich seither nicht wieder gelesen habe.

Ich denke oft an die Kamele und die Beduinen. Als ich Véronique davon erzählt habe, verstand sie nicht, was ich meinte – Kamele und Beduinen in einem russischen Roman? Ich habe das Buch geholt und ihr die beiden Abschnitte vorgelesen. Wer erinnert sich an Raskolnikovs

Kamele und Beduinen? Wer hat diesem Kindheitstraum und diesem Wahnbild des Häftlings Aufmerksamkeit geschenkt? Doch der ganze Roman spielt sich zwischen jenem Traum und jenem Wahnbild ab, zwei Klammern, die den großen Roman zusammenhalten. Mir scheint, dass sich auch mein Leben wie das Raskolnikovs zwischen einem Traum und einer Wüste des Orients abspielt. Träumen alle Häftlinge insgeheim von der Wüste und von einer anderen, einer fast ursprünglichen Sprache, da alles von dort, alles aus dem Orient kommt? Ich bin fast dort angelangt. Die Wüste ist ganz nah. Alle Wüsten sind biblisch.

«Die Wüste ist für mich etwas Unglaubliches», hat Véronique zu mir gesagt. «Es ist, als wären die Römer der Antike hier in den Maghreb und vor allem nach Palästina gekommen, um die griechische Kultur zu vergraben, und nicht so sehr, um das gelobte Land zu besiedeln. Ich glaube, sie haben diese Kultur in der Hoffnung im Sand erstickt, aus demselben Sand werde sich einmal der Atem einer neuen Welt erheben. Das war das Christentum. Stell dir das vor, Pauline. Es stimmt, wenn man überlegt, dass selbst das so christliche Amerika, selbst New York alles der palästinensischen Wüste verdankt!»

Sie kam aus Gaza zurück und war bezaubert von seinen Bewohnern. Sie wollte auch, dass ich die Felsenstadt Petra sehe. Sie sagte Dinge, die sich niemand zu sagen traute; dann verschwand sie, ohne eine Adresse zu hinterlassen, und mir blieben nur diese Worte, die weiter in mir nachhallen.

Man sollte in allem an den Anfang zurückkehren, an den Anfang von sich selbst. Nicht geboren sein. Dostojewskis Roman, den ich in *Raskolnikovs Kamele* umgetauft habe, ist im Lauf der Jahre wie eine Krücke geworden, auch wenn ich weiß, dass ich ihn nicht wieder lesen werde, weil andere Bilder als die des Romans sich zwischen die Worte eingeschlichen haben; die Bilder meiner Angst, im Gefängnis in Gleichgültigkeit und Vergessen zu enden, haben sich mit den Sätzen des Romans vermischt. Niemals könnte ich auf die Anwesenheit dieses Buchs verzichten. Wer immer mich besucht – wenn diese Angst aus der Tiefe des Gefängnisses, gegen die ich nur schwer ankomme, in mir aufsteigt, kann ich meinen Blick auf dieses Buch richten, ohne mich zu verraten. Im Übrigen fragt niemand, warum man einen Roman von Dostojewski im Haus hat. Doch, einmal hat Jean sich darüber gewundert und gesagt: «Hast du das gelesen?», und, ohne eine Antwort abzuwarten: «Ich kann die Russen nicht lesen, sie sind zu verworren, zu tragisch, und mit ihren endlosen Namen weiß ich irgendwann nicht mehr, wer wer ist.»

Ich habe in diesem Moment gelächelt, auch wenn er dieses Lächeln nicht deuten konnte. Ich dachte mir, er hat keine Ahnung, wer diese Andrée Dubuisson wirklich ist, deren Namen er sich aber schon beim ersten Mal gemerkt hatte.

Ich sehe den Tagesanbruch mit schwerem Herzen. Aber es ist auch schön. Ich habe beschlossen, ihn nichts lesen zu lassen. Ich werde den für heute geplanten Ausflug in die Wüste nutzen, um seinen Heiratsantrag abzulehnen. Ich könnte ihm immer noch erklären, ich hätte gar nicht richtig überlegt, aber als ich erwacht sei, habe mich der Gedanke zu heiraten geradezu mit Ekel erfüllt. Nein, das Wort «Ekel» werde ich nicht gebrauchen, denn das wäre falsch und verletzend; es gibt eine Grenze beim Lügen. Ich werde ihm sagen, dass ich nicht dafür gemacht sei, zu heiraten, eine Familie zu gründen und Kinder zu bekommen. Schließlich hätte ich schon vor langer Zeit von diesen Dingen Abstand genommen.

Ich bin verloren. Soll ich die Wahrheit sagen? Diese Frage wird jede Stunde bedrohlicher und nimmt mich vollkommen in Anspruch. Wenn man ein Stück seines Lebens verbirgt, dann doch ausschließlich deshalb, weil man es vor sich selbst inakzeptabel findet. Ich habe solche Anstrengungen unternommen, meine Vergangenheit abzustreifen, Exil und Namensänderung, und doch möchte ich daran glauben, dass er meine Geschichte akzeptieren wird, wenn ich sie ihm enthülle, und sich vorstellen kann, mit einer Frau «wie mir» ein Kind zu bekommen.

Wirst du verstehen, dass meine Geständnisse ein Liebesbeweis sind?

Ich denke an jene dem Tod geweihten Kranken, denen mitgeteilt wird, dass sie dank eines neuen, bisher unbekannten Medikaments leben werden. Unweigerlich fällt es ihnen schwer, ohne diesen schon so lange angekündigten Tod in die Zukunft zu blicken. Ich habe erlebt, wie Menschen sich schließlich mit dem Gedanken zu sterben abfanden, als die Medizin ihnen keine Hoffnung mehr geben konnte. Dieses Sichabfinden hat nichts mit der Vorstellung zu tun, leblos im Grab zu liegen, sondern mit der Erkenntnis, dass alles, was man getan, gekannt, geliebt, gesagt hat, nicht mehr sein wird, und die Erinnerung an diese vergangenen Dinge genügt, dass man noch ein wenig weiteratmet, mit langen Pausen, die das Leben verlängern und den Tod eine Weile hinauszögern. Jean hat mir mit seinem Heiratsantrag, ohne es zu wissen, das Angebot gemacht, mich aus diesem Ozean zu retten, in dem ich ertrank, ohne es zu merken. Er hat mir das Leben angeboten. Ich bin wie jene Schwerkranken, denen man die Heilung in Aussicht stellt. Sag nur ein Wort, und ich bin geheilt. Morgen gehen wir in die Wüste. Ich bin glücklich.

Rückkehr aus der Wüste. Wir saßen im Auto. Es hätte zu lang gedauert, mein Heft zu lesen. Ich habe es in meiner Tasche gelassen. Ich beschloss, mit ihm zu sprechen, banale Sätze zu wählen. Da ich seinen Blick nicht hätte aushalten können, habe ich den Moment abgewartet, in dem er sich auf die Straße konzentrierte und geradeaus schaute. Ich musste schon Brigitte Bardots Bild im Schlüsselanhänger verkraften, ich konnte nicht allen Mut der Welt haben. Das Wetter war schön. Er trug seine Sonnenbrille. Er war noch schöner. Ich hatte das Kleid mit den Rosenknospen an, das er so mag. Es ist ein ganz einfaches Kleid ohne Ärmel und Kragen, in der Taille leicht gerafft. Normalerweise ziehe ich, wenn ich im Auto sitze, immer meine Schuhe aus und lege meine nackten Füße auf das Armaturenbrett.

«Merkwürdig, behältst du heute deine Schuhe an?»

«Jean.»

Ich weiß nicht, in welchem Tonfall ich seinen Namen gesagt habe, aber er glaubte, mir die Angst nehmen zu müssen, die er gespürt hatte, seit wir aufgebrochen waren. Er dachte, ich wäre schwanger. Und ich sah, wie sich sein Gesichtsausdruck veränderte: Er freute sich auf die Nachricht. Der Gedanke, wir könnten zusammen eine Familie gründen, der Gedanke an dieses Glück hat mich gerührt.

«Jean, ich heiße nicht Andrée, ich heiße Pauline ... Mein richtiger Name ist Pauline ... Pauline Dubuisson ... Ich bin 1953 wegen Mordes verurteilt worden. Ich habe meinen Verlobten getötet, vielmehr meinen Exver-

185

lobten ..., aber ich schwöre dir, dass ich ihn nicht töten wollte, dafür war ich nicht zu ihm gegangen.»

Ich bin mit mir schlimmer verfahren als meine Richter, ich habe es fertiggebracht, mein Leben in zwei lapidaren Sätzen zusammenzufassen, und dabei gehofft, er würde mich verstehen und ich könnte ihm dann meine geschriebene Beichte zu lesen geben. Ich fand es besser, ihm alles zu sagen, selbst wenn es ziemlich abrupt war, vielleicht auch, damit ihm nicht wirklich bewusst wurde, was ich sagte.

Er hielt am Wegrand an. Er sah starr geradeaus. Er blieb sitzen, die Hände am Lenkrad, ohne ein Wort zu sagen, eine Zeit, die mir endlos lang erschien. Ich sah, dass er sich die kurzen Sätze, die ich ihm gesagt hatte, wiederholte; dann fuhr er mit der Zunge über seine trockenen Lippen, und seine Stimme war plötzlich belegt.

«Es gibt Dinge, Andrée ... also, Pauline, Verzeihung. Es gibt Dinge, die ich besser verstehe.»

«Ach, umso besser.»

«Ja, umso besser, dass du nicht schwanger bist, weil es für mich jetzt unmöglich ist, dich zu heiraten. Ich könnte meiner Familie einfach nichts sagen, aber irgendwann würde sie doch die Wahrheit erfahren, und das kann ich ihr nicht antun. Meine Mutter, die de Gaulle verehrt, würde es nicht ertragen.»

Beinahe dieselben Worte wie Félix, und immer diese Wahrheit, die bei den Müttern mehr Böses als Gutes bewirkt. Ich habe nicht gleich verstanden, warum er de Gaulle erwähnte – der mich in gewisser Weise begnadigt hatte. Es verriet mir, was er alles nicht sagte. Ich begriff, dass er nicht nur den Film gesehen, sondern auch alle Zeitungsartikel gelesen hatte, die mich betrafen, insbesondere jene, die daran erinnerten, dass ich am Ende des Kriegs kahlgeschoren worden war. Auf einmal wurde mir klar, noch viel mehr als von dem Verbrechen, das ich begangen hatte, würde ich für alle Zeiten von dem Hakenkreuz gezeichnet bleiben, das sie mir auf den geschorenen Schädel und den Körper geschmiert hatten.

Ich hatte nichts hinzuzufügen. Mich zu verteidigen kam nicht mehr infrage. Was ich befürchtet hatte, war eingetreten. Wieder. Ich dachte, er würde nichts weiter sagen, die Geschichte wäre mit dieser Wahrheit zu Ende. Doch nein, er wollte reden.

«Ich kann es nicht glauben, ich kann es nicht glauben!», rief er, ohne mich anzusehen, und schlug auf das Lenkrad ein, als würde ihm gerade übel mitgespielt. «Aber wenn ich mich an deinen Fall richtig erinnere, hast du letztlich doch gestanden, dass es Vorsatz war! Das ist nicht ganz das, was du mir gerade erzählt hast.»

Er wusste seit Langem alles über mich, ohne zu wissen, dass es sich um mich handelte. Er habe sich den Film angesehen, erklärte er, weil ihm der Kriminalfall bekannt gewesen sei. Er habe sich weder an mein Gesicht noch an meinen Familiennamen erinnert. Das war alles. Auch wenn er mehrmals zu mir gesagt hatte: «Ich habe das Gefühl, dich schon immer zu kennen.»

Was sollte ich sagen zu der Sache mit dem Vorsatz? Im Film ist es das Einzige, was mit meiner Geschichte übereinstimmt: Sie schießt, um die Beschimpfungen nicht mehr zu hören, obwohl sie gekommen war, um sich vor ihm selbst zu töten. Das ist wahr. Plötzlich hatte der Film für ihn keine Bedeutung mehr, die Wirklichkeit, die stets an die Stelle der Wahrheit tritt, gewann die Oberhand, und das Kino wurde wieder auf seine Aufgabe reduziert, das Publikum zu zerstreuen.

Innerlich habe ich mich mit unvorstellbarer Geschwindigkeit aufgelöst, ohne dass es von außen zu sehen war; alles, was mich zusammenhielt, war zu Staub zerfallen, meine Knochen, meine Muskeln, mein Blut, mein Herz, zu Staub, wie man ihn findet, wenn man einen alten Sarg öffnet. Ich wusste nicht mehr, wohin ich schauen und was ich sagen sollte, ich hatte mich selbst erniedrigt. Es gab nichts mehr hinzuzufügen. Meine Wangen zitterten, aber ich konnte das Zittern nicht unterdrücken, dieses Zittern, das einen lächerlich und verletzlich macht, durch das man sich preisgibt. Ich habe versucht, meine Hand auf seine zu legen, er reagierte so widerwillig, dass ich keine andere Wahl hatte, als die Tür zu öffnen und, indem ich aus seinem Auto ausstieg, zugleich aus seinem Leben zu verschwinden. Was auch nicht länger gedauert hat.

Mehr als eine Sonnenfinsternis, eine Apokalypse. Ich war von Neuem im Dunkeln. Ich spürte die Wüste um mich herum. Ich hätte weiter in die Wüste hineingehen und mich im Sand verlieren, für immer verschwinden können. Ich weiß nicht, warum ich auf der Straße zurück Richtung Stadt gegangen bin, Richtung Haus, mit dem Instinkt eines Tiers, anstatt mich in der Wüste zu verirren, die nur darauf wartete. Ich glaube, es war noch heiß, ich bin marschiert und habe gehofft, dass der Wind den Sand der Piste nicht aufwirbelt.

Warum habe ich angefangen zu reden, warum habe ich nicht gewartet, bis er das Heft liest, warum habe ich dem Wort mehr vertraut als der Schrift? Ich heiße Pauline Dubuisson, und ich bin 1953 wegen Mordes verurteilt worden. Das ist nur ein kleiner, grammatikalisch korrekter Satz, der in literarischer Hinsicht nichts wert ist und der doch mehr bedeutet als irgendein Satz vom größten aller Dichter. Was ist das für eine Geschichte von der Armut der Sprache, die mehr Gutes oder mehr Böses bewirken kann als irgendein wunderbarer Satz?

Ich hätte hinzufügen können: Aber ich habe Félix nie töten wollen, ich habe die Kontrolle verloren, weil er mich mit solcher Verachtung behandelt und mit solcher Grobheit beleidigt hat, dass ich glaubte, von Neuem vor meinen Henkern zu stehen wie bei der Befreiung, nur dass ich diesmal eine Waffe in der Hand hatte, das ist alles, auch wenn diese Waffe zunächst dazu bestimmt war, mich zu töten. Das ist die Wahrheit. Es gibt keine andere. Ich habe es verdient, bestraft zu werden. Mit der Untersuchungshaft war ich neun Jahre im Gefängnis. Ich weiß nicht, ob es genug ist.

Ich habe den Motor des Autos gehört, das von hinten näher kam. Sofort war die Hoffnung wieder da. Ich meine sogar, ich habe gelächelt. Ich war sicher, er würde mir sagen, es tue ihm leid und er könne ohne mich nicht leben. Als er auf meiner Höhe war, habe ich noch einmal an meine Rettung geglaubt. Doch er hat beschleunigt. Das Auto entfernte sich auf der Piste in Richtung Stadt. Es war erschütternd zu sehen, wie rasch all meine Gewissheiten sich in Illusionen verwandelten, sobald sie auf die Probe gestellt wurden.

Ich bin lange marschiert, ich habe Essaouira erreicht, den großen Platz überquert, die Terrassen der Cafés waren voller Menschen, ich hörte sie, aber ich sah sie nicht. Ich hoffte, dass mich niemand erkennen oder nach mir rufen würde. Ich sah mich wieder die Rue de la Croix-Nivert hinuntergehen bis zu Félix' Studentenbude, ich hörte das Klappern meiner Absätze im Leeren widerhallen, die Welt um mich herum verschwand. Ich war entsetzt, wieder dieselben Empfindungen zu haben. Aber ich ging ja zu meinem und nicht zu Jeans Haus.

Ich weiß nicht, wie spät es war, als ich bei mir ankam, und auch nicht, wie lange ich gebraucht habe, um wieder in die Stadt zu kommen. Ich erinnere mich nur an meine schwefelblaue Tür und mein weißes Haus, ein Kubus, schlicht und beruhigend wie ein Grab. Ich habe mich hingesetzt. Ich habe mir in die Haare gefasst, aber ich habe sie nicht mehr gespürt. Ich habe das *Requiem* aufgelegt, damit die Musik ihr tröstendes Werk täte, in der Hoffnung, sie würde mir Tränen entlocken, doch Tote weinen nicht, hatte mir mein Vater in Saint-Omer gesagt.

In einer Nacht in Saint-Omer bin ich aus einem Albtraum erwacht. Ich ging hinunter ins Wohnzimmer und stellte mich ans Fenster, um da draußen trotz der Dunkelheit etwas Lebendiges auszumachen, etwas Leuchtendes, was mir meine Lebenslust hätte zurückgeben können. Diese Freude wollte ich meinem Vater machen; es war eine Art Schuld, die ich ihm gegenüber empfand. Zu diesem Zeitpunkt hatte ich noch nicht begriffen, wie gründlich all das, was ich an einem einzigen Tag erlitten hatte, der Hass, die öffentliche Demütigung, das Abschneiden der Haare, die Schläge, der Prozess, die Vergewaltigungen, die Hakenkreuze auf meinem Körper, wie gründlich das bereits mein Leben vernichtet hatte und mich hinderte, der Wahrheit ins Auge zu blicken. Seit unserer Ankunft in dem fremden Haus, hatte mein Vater über das, was mir widerfahren war, kein Wort verloren. Aber er fühlte sich schuldig. Ich wusste es, weil er diesen Satz gesagt hatte: «Ich bitte dich um Verzeihung für das, was man dir angetan hat.» Damals war ich nicht in der Lage zu reagieren, aber der Satz ging mir nicht mehr aus dem Sinn. Wegen des «man» habe ich lange geglaubt, mein Vater, der eine so hohe Meinung von Frankreich hatte, habe damit ein beinahe nationales Bedauern zum Ausdruck bringen wollen; er habe ein Stück Verantwortung für die Gewalt übernommen, die ich erleiden musste. Ich hatte mich mit dem Satz abgefunden. Ich konnte mich nicht mit allem auf einmal auseinandersetzen.

Heute denke ich, dass seine Bitte um Vergebung von ganz anderer Art war, vor allem seit ich weiß, dass er unmittelbar vor seinem Selbstmord an Félix' Familie geschrieben hat, wie sehr er sich meiner schäme, wie sehr durch mich sein Leben zerstört worden sei. Seine Scham ändert nichts daran, dass er mich um Vergebung gebeten hat. Im Gegenteil, sie wirft ein viel helleres Licht darauf, wenn ich bedenke, dass er seine fünfzehnjährige Tochter aufgefordert hat, sich als Frau zu kleiden und sich zu schminken, Strümpfe und hohe Absätze zu tragen, um Domnick zu treffen.

Ich bin kein kleines Mädchen mehr. Das Leben, das Gefängnis und auch mein Verbrechen haben aus mir eine eher abgeklärte Frau gemacht, und ich hatte reichlich Zeit, an die scheinbar wunderbaren Augenblicke mit meinem Vater zurückzudenken, die doch Tag um Tag zu meiner Tragödie geführt haben. Er liebte meine Mutter über alles, er liebte sie mehr als seine Kinder, mehr als mich natürlich, und er wollte diese Frau mit allen Mitteln aus dem Zustand herausholen, in dem sie Gott, sein großer Rivale, gefangen hielt, ohne ihr zu helfen.

Die Geschichte einer Familie ist etwas Sonderbares, wenn ich mir vorstelle, dass aus dem, was mich als Kind erschreckt hatte, das geworden ist, was als Erwachsene mein Handeln bestimmt hat. Niemals hätte ich verstanden, was meine Mutter mit ihrer Küche verband, wenn sie mich nicht während meiner ganzen Kindheit mit ihrer Geschichte von den verhungerten Kindern erschreckt hätte. Und mein Vater hatte ganz richtig gesehen, dass zwar die Religion für sie, die täglich in die Messe ging, eine Art Abkürzung darstellte, die es ihr ermöglichte, ihre To-

193

ten schneller wiederzusehen, dass aber die Küche, in der sie ihre Rolle als Ernährerin übernahm, ihr wieder ermöglichen würde, auf die Lebenden zuzugehen und vor allem auf ihn. Auch ich glaubte, wenn meine Mutter in ihre Küche zurückkehrte, würde sie damit ins Leben zurückkehren, bis mir in unserem Unterschlupf in Saint-Omer, als mein Vater wieder einmal Konserven mitbrachte, die sie für uns beide eingekocht hatte, ein Lapsus unterlief, der ihn zunächst schockierte. Anstatt zu sagen «sie denkt nur an die Verpflegung», habe ich gesagt «sie denkt nur an die Verwesung».

Die Quelle des Unglücks, die ich lange gesucht habe, ist sicherlich irgendwo in diesen trüben Dingen verborgen.

Meine Hand zittert. Ich muss endlich einsehen, dass mein Vater tot ist. Ich muss endlich einsehen, dass dieser Mann mich nicht retten kann. Er hat mich genau dann verlassen, als ich ihn am dringendsten gebraucht hätte. Es war sein Wille, mich nie mehr wiederzusehen, nicht weil er mein Verbrechen nicht verstand, sondern weil mein Verbrechen ihm offenbarte, welchen Abscheu er schon immer vor mir empfand.

Meine Mutter hatte recht, als sie sagte, sie begreife nicht, warum er mich genauso wie die Jungen erzogen habe. Es ging nicht um die gleichen Rechte. Er wollte nicht, dass ich als Mädchen erzogen werde, er wollte, dass ich als Junge erzogen werde; in diesem Haus war kein Platz für eine andere Frau als meine Mutter. Sie hat mich geliebt, das weiß ich, und sie ist die Einzige, die nicht findet, dass ich abscheulich sei, auch wenn das alle immer weiter behaupten werden, da bin ich mir sicher, eine abscheuliche, hochmütige, herzlose, frivole, kalte und narzisstische Person.

Ich habe mich in der Liebe geirrt. Ich habe mich immer geirrt. Was soll ich noch sagen? Ich allein kenne die Wahrheit. Ich bin nicht nur die Einzige, die weiß, was an dem Abend geschah, an dem ich zu Félix gekommen bin, um mich zu töten, ich bin vor allem auch die Einzige, die weiß, welcher unselige Zusammenhang zwischen jener Nacht, da in der Rue de la Croix-Nivert der Tod umging, und meinen Erlebnissen am Ende des Kriegs besteht. Was alle anderen als eine Befreiung wahrgenommen haben, war für mich der Beginn eines anderen Kriegs, den ich allein zu führen habe, bis zum heutigen Abend.

Und wenn der Oberst aus dem Vierzehnerkrieg mich gerettet und vor dem Tod bewahrt hat, dann hat er das nicht aus Liebe getan, sondern einzig und allein, weil er seinen Teil der Verantwortung kannte. Er hat mich gerettet, wie er auch einem Soldaten zu Hilfe gekommen wäre, den er in Verdun in die vorderste Linie geschickt hatte.

Ich bin dir nicht böse. Ich weiß, wozu man aus Liebe fähig ist. Ich habe es sogar von dir gelernt, ohne es zu merken, wie man auch die Sprache lernt, ohne es zu merken. Heute Nacht bin ich froh, der Wahrheit ins Gesicht sehen zu können.

Endlich kann ich weinen. Ich habe keine Angst. Ich weine über mich. Ja, ohne mich dessen zu schämen, empfinde ich ein wenig Mitleid mit dem Kind und dem Mädchen, das ich war und das ohne Argwohn den Erwachsenen in die Fallen gegangen ist, die sie ihm gestellt hatten. Ich vergebe dir, wenn du mir nicht vergeben hast. Ich höre das *Requiem* von Mozart, das du nicht hören kannst. Ich wünschte, du würdest mir heute erscheinen, in deiner ganzen Größe vor mir stehen und deinen Blick eines müden Soldaten auf mich richten. Du würdest sehen, dass ich nicht so schlecht bin. Aber die Toten begeben sich nicht in unbekannte Gegenden, sie sind an die Orte gebunden, wo sie gelebt haben, und ich bin so weit weg. Nur ein Geruch von dunklem Tabak weht mich an.

Ich erinnere mich an meinen ersten Gedanken, als ich dieses Haus betrat, in das kein Sonnenstrahl fiel, barfuß gehen, die Kühle des gekachelten Bodens spüren. Ich erinnere mich, die beiden großen Läden der Terrassentür aufgestoßen zu haben, die blau sind wie das Kupfersulfat der Weinstöcke. Das Licht überflutete mich mit seinem Glanz. Ich verbrannte mir die Fußsohlen an den von der Sonne aufgeheizten Steinplatten. Ich war glücklich, weil ich einen körperlichen Schmerz spürte.

Ich liebe die weinbewachsene Laube, die eine Ecke der Terrasse einnimmt und in der auch die Hitze ein wenig Erfrischung zu suchen scheint. Dort habe ich zum ersten Mal die Stimmen der Frauen gehört, die miteinander Arabisch sprachen. Dort habe ich mir gedacht, Leben muss so etwas sein wie diese Erfahrung des Unbekannten und diese vollkommene Abwesenheit eigener Erschöpfung, während man den Wind sein Werk des Verwehens tun lässt. Als ich nicht mehr so geblendet war, entdeckte ich die weiße Stadt zu meinen Füßen und den blauen Ozean unter dem blauen Himmel.

Ich war fasziniert von den Stimmen der Frauen, die unterhalb der Terrasse vor ihren Haustüren saßen. Diese Sprache, die ich nicht verstand, hat mich wieder aufgerichtet. Das ist kein Bild, das ist eine physische Realität. Als ich aus dem Gefängnis kam, hat meine Mutter gemerkt, dass mein Körper sich zusammengezogen hatte, ich war ganz knochig, ganz verschrumpelt, und hier hat sich die Verspannung dann mühelos in kurzer Zeit gelöst. Ich fühlte mich gleichsam im Zustand der Gnade, wie ich es in Lebensbeschreibungen von Heiligen gelesen hatte, zuerst hochgehoben bis zum Herzen, dann sanft und leicht wieder auf der Erde abgesetzt, bevor die Erhebung von Neuem beginnt. Es ist ein aquatisches Gefühl, aber in einem drin. Ich verspüre es auch heute.

In weniger als zwei Jahren in diesem Haus und dieser Stadt ist alle Beunruhigung verschwunden. Die Gefängniswelt ist beunruhigend, doch noch beunruhigender ist der Gedanke, dass man sich etwas anderes wird aufbauen müssen. Aber was? Dank der Landschaft Essaouiras vor dieser Wüste, die das königliche und wilde Afrika der anderen Seite ankündigt, fand ich wieder Halt. Ich spürte von Neuem die Anziehungskraft der Erde, so stark, wie ich sie noch nie gespürt hatte.

Dass es mir gelingen würde, fast alles aus meinem Gedächtnis zu löschen, indem ich in ein anderes Land zog, hätte ich mir niemals vorstellen können. Wegen der Stadt, wegen der Marokkaner, vor allem wegen der Marokkanerinnen und der arabischen Sprache, die gar nichts Bedrohliches mehr hatte, glaubte ich schließlich sogar, eine andere zu sein. Ich liebe diese Stadt, ich liebe ihre Bewohner, die Lichter, die in ihr und über ihr funkeln, ich liebe ihre Gerüche, die warme Minze, den Markt, die gewürzte Küche, die gegrillten Sardinen, das erhitzte Olivenöl und den Strand, wo sich Stimmen und Farben mit den Gerüchen vermählen. Sogar die Sprache dieses Landes riecht nach Meer und Wüste; sie hat etwas Raues und Kühles, genau wie die Häuser mit ihren Maschrabiyya.

Ich brauchte nichts anderes, ich wollte nichts anderes, ich ersehnte nichts anderes. Es war mir beinahe gelungen, meine Vergangenheit zu vergessen.

Ich habe nur noch dieses Haus, diese Küstenlandschaft und die Stimmen dieser wunderbaren Frauen, die Arabisch sprechen. Die Abenddämmerung ist eine Belohnung. Ich konnte keinen besseren Ort finden, um zu gehen. Das Glück, Schluss zu machen, nimmt mir den Atem. Die Sonnenuntergänge hier können einen in Verzückung versetzen; der Himmel bekommt eine Anziehungskraft, die die Erde nicht mehr auf mich ausübt.

Es ist seltsam. Ich denke an jenen jungen Mann im Bonaparte in Saint-Germain, dessen Blick ich aufgefangen hatte. Diesen wohlwollenden, dunklen, festen Blick sehe ich noch vor mir. Er wird nie erfahren, dass ich noch heute an seine Augen denke und dass diese Erinnerung mir in meinem Exil oft geholfen hat. Ich erinnere mich auch an die beiden jungen Männer, die ihn begleiteten. Sie waren alle drei so überzeugend. Einer, der kleinste und lebhafteste, wollte ans Theater, der mit den Adler- oder Rehaugen sah sich als Maler, und der dritte, der zu mir hingeschaut hatte, plante, Schriftsteller zu werden. Ich habe zugehört, wie sie leidenschaftlich diskutierten, und werde doch nie erfahren, was aus ihnen geworden ist. Ein paar Sekunden haben genügt, dass sie zum einzigen Bild meines Lebens in Frankreich geronnen sind, das ich wie einen Schatz hüte, denn sie sind das Wertvollste, was Frankreich besitzt. Drei junge Männer in einem Land, das immer älter wird. Aber vielleicht werden sie es schaffen, alles zu verändern, da sie bereit sind, alles zu überdenken.

Ich habe jetzt weniger Angst. Ich habe den Schlüsselanhänger mit dem heiligen Christophorus hervorgeholt. Ich habe ihn auf den Tisch gelegt, neben das Heft mit meinen Erinnerungen, das ich aus meiner Handtasche genommen habe. Ich liebe die Darstellung dieses Alten, der ein Kind über den Fluss trägt und es dafür, dass es nur ein Kind ist, offenbar ziemlich schwer findet. Ich erinnere mich, in der *Legenda Aurea* seine Lebensgeschichte gelesen zu haben. Ich erinnere mich an seinen richtigen Namen,

199

bevor er Christophorus genannt wurde, hieß er Reprobus, der Verdammte.

Wenn ich nicht geliebt werde, bin ich wie tot. Wie. Kinder sagen das, wenn sie spielen. Man ist, ohne wirklich zu sein. Wie tot sein heißt, lebendig sein und bereits wie eine Leiche zu riechen.

Ich weiß nicht, wieso mein Körper in der nach dem Blut der Tiere stinkenden Kühlkammer des Schlachthofs nicht gestorben ist. Mein lädierter Körper ist lebendig geblieben, aber ich war bereits tot. Mein Geist, die Frau, die ich sein wollte, meine Träume sind an jenem Tag der Befreiung gestorben.

Wenn mein Körper auch tot ist, will ich nicht, dass er nach Frankreich überführt wird (ich muss unbedingt eine Anweisung hinterlassen) und gar das Grab beschmutzt, in dem meine Brüder und mein Vater liegen und in das später einmal meine Mutter kommen wird. Das Glück dieser Familie war vor meiner Geburt. Warum sollte ich sie von Neuem stören? Das will ich nicht. Ich wünschte, ich wäre nie geboren. Ich möchte, dass mein Körper in einem Leichentuch auf dem moslemischen Friedhof der Stadt direkt in die Erde gelegt wird, ohne Stele, ohne Namen (das vor allem muss ich aufschreiben und unterstreichen, um meine Entschlossenheit zu zeigen). Man soll wissen, dass ich nicht mehr dieser Körper bin, der so sehr gelitten hat und den man so sehr hat leiden lassen, obwohl ich hartnäckig die Lust gesucht habe. Das ist alles.

Ich kann jetzt die Arbeit des Gerichts der Befreier vollenden und mich befreien. Ich bin vierunddreißig, ich erkenne all meine Verbrechen und all meine Fehler an, und in meiner Seele und meinem Gewissen verurteile ich mich zu dem Tod, dem ich zu entgehen glaubte, vor allem in den letzten Jahren, in denen ich zu glauben begann, dass ein Neuanfang möglich sei. Ich sterbe wie im Film.

Endlich ruhig. Immer noch lieben. Nicht mehr geliebt werden wollen. Schluss machen mit dem ganzen Kino des Lebens. Als letztes Bild, das sich auf die Netzhaut prägt, die weiße Decke in dem Haus mit den schwefelblauen Läden. Das perfekte Optogramm. Dann ein Davonfliegen in Stille und Wind, vor dem wütenden Ozean. Endlich das Nichts, nicht mehr sein. Ein letztes Hoffen, noch einmal den Gesang der Vögel hören.

EPILOG

Pauline Dubuisson ist am 22. September 1963 in Essaouira gestorben. Sie hatte nicht wieder versucht, sich die Venen aufzuschneiden, und ein viertes Mal riskiert, dass ihr Selbstmord misslang. Sie hat Barbiturate geschluckt, von denen sie als Ärztin genau wusste, welche Dosis sie nehmen musste, um nicht noch einmal zu scheitern.

Ihr letzter Wille wurde erfüllt: Sie ist auf dem moslemischen Friedhof von Essaouira vor dem Ozean in der Erde verscharrt worden, ohne Stele und ohne Namen. Die Nachbarn, Marokkaner, hatten sich gesorgt, weil das *Requiem* von Mozart auf dem Plattenwechsler immer wieder von vorn anfing.

Man fand bei ihr Hefte mit Aufzeichnungen von ihrer Hand, etwa hundert Seiten, eng beschrieben, fast unleserlich. Diese heute verschollenen Aufzeichnungen habe ich mir ausgedacht, um dieses Buch zu schreiben.

Man hätte meinen können, dass die Erbitterung über die infame und hochmütige Pauline vorbei wäre nach so vielen Jahren des Kampfs der Frauen und der Weiterentwicklung der französischen Gesellschaft. Aber nein, am 15. August 1991, fast dreißig Jahre nach ihrem Tod, schreibt Jean Cau, der für eine Serie über große Kriminalfälle in *Paris Match* einen Artikel über Pauline verfasst: «Auch wenn es um die grässlichsten Verbrechen geht, hat man das Bedürfnis, etwas zu ‹verstehen›, sich irgendwie ein wenig zum Verteidiger zu machen, hier und da ein bisschen Mitleid aufzubringen. Mit Pauline, diesem harten Biest, funktioniert das nicht. Sosehr ich es befrage, mein Herz bleibt kalt.»

HINWEISE

Vladimir Jankélevitch, *Der Tod*, übersetzt von Brigitta Restorff, Frankfurt a. M. 2005, S. 154.

Der Film *La Vérité* (*Die Wahrheit*) von Henri-Georges Clouzot kam im November 1960 in die französischen Kinos.

Der Salon des arts ménagers, eine Haushaltsmesse, fand von 1923 bis 1983 jährlich in Paris statt und zog besonders in den fünfziger Jahren das weibliche Publikum an.

La Petite Roquette, ein 1830 erbautes Gefängnis im 11. Pariser Arrondissement, diente von 1935 bis zu seiner Schließung 1974 als Frauenhaftanstalt.

Der Film *Vie privée* (*Privatleben*) von Louis Malle kam 1962 in die französischen Kinos.

Colette schildert in ihren ersten, erfolgreichen Romanen *Claudine à l'école* (1900), *Claudine à Paris* (1901), *Claudine en ménage* (1902), *Claudine s'en va* (1903) das Leben eines jungen Mädchens.

Eugénie Grandet und Ursule Mirouët sind Hauptfiguren der gleichnamigen Romane von Honoré de Balzac (1799–1850), und Emma Bovary ist die Heldin des Romans *Madame Bovary* von Gustave Flaubert (1821–1880).

Die kleine Bäuerin ist die heilige Therese von Lisieux, 1873–1897, Karmeliterin, starb vierundzwanzigjährig an Tuberkulose.

Alfred Musset, «Die Mainacht», übersetzt von C. Viragh Mäder, in: *Französische Dichtung*, Bd. 2, hg. von Hanno Helbing und Frederico Hindermann, München 1990, S. 335.

Maschrabiyya sind kunstvoll geschnitzte und zusammengesetzte Holzgitter in der islamischen Architektur.

INHALT

Vorwort 9

Erstes Heft 13
Zweites Heft 47
Drittes Heft 173

Epilog 203

Hinweise 205